Book Cafe

くらくらのブックカフェ

まはら三桃　廣嶋玲子　濱野京子
菅野雪虫　工藤純子

講談社

くらくらのブックカフェ

プロローグ

みなさんは、蔵《くら》を知っていますか。

もしかしたら郊外《こうがい》や観光地などで見かけたことがあるかもしれませんね。二階建てくらいの建物で、外から見るとストンとした長細い形をしています。ちょっと変わった形なのですぐにわかるかもしれません。瓦屋根《かわらやね》で、白壁《しらかべ》や黒い板張《いたば》りのことが多く、開くところは入り口以外にないか、あってもほんの小さな窓《まど》だけでなにやら謎《なぞ》めいた建物です。

もともと蔵は、穀物《こくもつ》や家財《かざい》などを入れておくための建物でしたが、最近では、内部をリフォームしてカフェや雑貨店《ざっかてん》として使われていることがあります。

わたくしもそんな蔵カフェのマスターの一人です。当店自慢《じまん》のカフェラテを飲みながら本が読めるブックカフェで、店には何千冊《なんぜんさつ》もの本があります。

ある町の住宅街《じゅうたくがい》でひっそりと営業《えいぎょう》していますが、ちょっと不思議なことがおこるらしく、小学生にも人気です。

どんな不思議があるかですって？

それはカフェにやってきた人たちにきいたほうがいいですね。

なにしろわたくしの仕事は、やってきたお客さまのために、その人にぴったりの飲み物とスイーツをお出しするだけなのですから。いえ、それだけではないかもしれません……。

さあ、今日はどんな人たちと出会えるでしょう。

相棒《あいぼう》の猫《ねこ》たちと一緒《いっしょ》に、みなさんのお越《こ》しをお待ちしています。

目次

よつばが消《き》えたら

まはら三桃

……信じられない。

学校からの帰り道、一人で歩きながら、はるかは、ほっぺたをふくらませた。信じられないのは、このみ。幼稚園《ようちえん》のころから七年間も同じクラスで、いちばん親しい友達だ。「あなたの仲良しはだれですか？」ときかれたら、はるかは、このみの名前を真っ先に答えただろう。

ついさっきまでは。

「もう！　このみちゃんとは絶交《ぜっこう》！」

はるかが叫《さけ》んで、教室を飛び出したのは、ほんの五分前のことだった。原因《げんいん》はこのみが約束を忘《わす》れていたからだ。しかも、二つも。

今日、はるかは、このみに貸《か》すために、家から分厚《ぶあつ》い本を一冊《さつ》持って登校した。

昨日の帰り、本の話になって、「おもしろかったんだよ」とあらすじを話したら、このみが読みたいと言ったからだ。帰ったはるかは、忘れないうちにランドセルに入れた。

次の日は、体育も図工もあって荷物が多かったので、明後日《あさって》にしようかな。

と、いったんランドセルから出したけれど、また戻《もど》した。読みたくってたまらないっていうこのみの顔を思い出したからだ。

そんなわけで今朝、はるかは重たいランドセルを背負《せお》い、右手に絵の具のバッグ、左手には体操服《たいそうふく》の入った袋《ふくろ》を提《さ》げて登校してきた。このみのために。

だから、

「これ、約束の本だよ」

って、持っていったときは驚《おどろ》いた。このみはちょうど、机《つくえ》の引き出しとランドセルの中身を机の上にぶちまけて、ガサゴソやっているところだった。何かを探《さが》していたらしい。このみが探しものをしているのはいつものことだから、驚いたのはそこじゃない。はるかが差し出した本を見て、きょとんとした顔をしたことだった。

「約束って?」

このみはきいた。

「昨日読みたいって言ったよね?」

はるかは答えた。

するとこのみは思いっきり眉《まゆ》をひそめてこう言った。

「それどころじゃないんだよ」

「それ？」

自分が言ったことを忘《わす》れている上に、重たいのに頑張《がんば》って持ってきた苦労を、〝それ〟呼《よ》ばわりされたはるかは、絶句《ぜっく》した。

黙《だま》ったのを話が終わったと思ったのか、このみはまたガサゴソやりはじめた。しばらくはるかは呆然《ぼうぜん》としてしまったけれど、次のこのみの一言で言葉を取《と》り戻《もど》した。

「よつばのしおり、なくしちゃったよ」

「え？　それってもしかして……」

「うん。はるかちゃんとおそろいのやつ」

「うそでしょう」

あんなに約束したのに。

二人でよつばのクローバー探《さが》しをしたのは、ちょうど一年前のこと。普通《ふつう》クローバーの葉っぱは三枚《まい》で、よつばは珍《めずら》しい。だから昔から見つければ幸せになれると言われている。それで探しに行ったところ、運よく二本見つかった。大喜《おおよろこ》びで押《お》し花《ばな》にし、透明《とうめい》のフィルムに挟《はさ》んでしおりを作った。

「これを仲良しのしるしにしよう。大事なものだから、絶対なくしちゃだめだよ」

言ったのはこのみだ。だからはるかは宝物《たからもの》を入れる箱の中に大事に保管《ほかん》している。

それをなくした？　ぜんぜん大事にしてないじゃん。

ブチン。

はるかは耳の奥《おく》で、何かが切れるような音をきいた。同時に叫《さけ》び声《ごえ》が口をついた。

「もう！　このみちゃんとは絶交《ぜっこう》！」

「信じらんないっ！」

歩きながら声に出してはっきり言うと、はるかはみょうに落ち着いた。そのとおりだと思ったのだ。

考えてみれば、このみに対しては、これまでも信じられないと思うことが数々あった。だってこのみの行動はまったく予測不能《よそくふのう》で突拍子《とっぴょうし》がないのだ。

違《ちが》う曜日の時間割《じかんわ》りをそろえてくるのなんかしょっちゅうで、帰りの挨拶《あいさつ》のときに、勢《いきお》いよくおじぎをしすぎて、ランドセルの中身をぶちまけてしまったこともある。この間は、急になわとびを振《ふ》りまわしはじめたかと思うとカウボーイみたいに飛ばしてしまった……。

そのたびに、はるかは教科書を見せてあげたり、荷物を一緒《いっしょ》に拾い集めたり、なわとびを探《さが》してあげたりしてきた。

だけどそういうものだと思っていた。長い付き合いだし、このみはこういう性格《せいかく》なのだ。このみのお母さんからも「はるかちゃんはしっかりしているから、一緒《いっしょ》にいてくれて安心だわ」なんて、頼《たよ》りにされている。だから当たり前にフォローしてきたけれど、はるかはついに気がついた。

私《わたし》はがまんしていたのだ。

さっき聞いたのは、不満を入れた袋《ふくろ》のひもがブチ切れた音だと思った。人間はお腹《なか》の中に、堪忍袋《かんにんぶくろ》という袋を持っているらしい。その袋にがまんをためこんで、ひもでしっかりしばっているという。それが切れてしまった以上、もうこのみとは付き合えない。

はるかは立ち止まって決心し、両手を伸《の》ばして深呼吸《しんこきゅう》をした。

「すーっは〜」

なんて静かなんだろう。

いつもなら、登下校中もこのみがとなりでひっきりなしにしゃべっている。そればかりか、突然《とつぜん》歌い出したり、なぞなぞを出題したりする。歌にはつい付き合ってしまうし、なぞなぞには答えなくてはならない。それはそれで楽しいのだけど、急すぎてついていけないこともある。

けれども今日は、とても静かだ。何だかまわりの景色もはっきり見える。自分のペースで歩くのは、なんて気持ちがいいのだろう。

春風がすうーっと吹《ふ》いてきて、さっきまでふくらませていたほっぺたをなでた。

そのとき、

「にゃーん」

猫《ねこ》の鳴き声がきこえた。見ると、すぐわきの家の垣根《かきね》から、白猫がするりとはい出してきた。

「わあ、きれい」

真珠《しんじゅ》みたいにつややかな猫だった。毛がふさふさで、目はブルーベリーの実のようだ。猫はそのきれいな紫色《むらさきいろ》の目で、はるかをちらっと見上げると、優雅《ゆうが》な足取りで歩いていった。

思わず追いかけそうになった足を、はるかは止めた。このみなら絶対《ぜったい》に追いかけていくと思ったからだ。

「あの猫、これから会議なんじゃない？　猫も集会するんだって」

とかなんとか言って。

どうせ路地に迷《まよ》い込《こ》んで猫を見失うのがオチなのに。

それでなくても、このみが目的地を変えることなんかしょっちゅうなのだ。文房具屋《ぶんぼうぐや》に行っているつもりが、駄菓子屋《だがしや》についていたり、このみの家に向かっていたはずが、公園でブランコをこいでいたこともあった。途中《とちゅう》でころころ気が変わるからだ。

まっすぐに家に帰ろう。

せっかくの自分一人の帰り道なのに、いつもと同じパターンになるのもしゃくな気がして、はるかは家の方に歩きかけた。

と、

「にゃーん」

白猫《しろねこ》はもう一度鳴いて、振《ふ》り返《かえ》った。まるで自分を呼《よ》んでいるみたいだった。


「あれ？」

気がつくと、目の前に変わった形の建物があった。壁《かべ》が白くて、下半分が板で覆《おお》われている黒い瓦屋根《かわらやね》の家。二階建てに見えるけれど、通りのほかの一軒家《いっけんや》とはちょっと違《ちが》って、レトロな感じがする。しかも入り口の扉《とびら》は重たそうな木製《もくせい》で、近所では見たことのない建物だ。

「ここはどこ？」

はるかは首をきょろきょろさせた。見覚えのない町並《まちな》みだった。白猫を追いかけているうちに、どうやら迷《まよ》ってしまったらしい。しかも追いかけていたはずの白猫はどこにもいない。心細くなってきびすを返そうとしたときだった。

はるかの足元を、やわらかいものがすり抜《ぬ》けた。

「きゃっ」

見ると、それはさっきの白猫《しろねこ》。

「にゃーん」

白猫はまた、はるかを見上げて一声鳴くと、とことことした足取りで、古い建物に向かった。

次の瞬間《しゅんかん》、はるかは目をぱちぱちさせた。木の扉《とびら》がすっと開いたのだ。猫はその扉の前ではるかを迎《むか》えるかのように、背筋《せすじ》を伸《の》ばして座《すわ》っている。

はるかは、思わず木製《もくせい》の扉に近よってみた。普段《ふだん》なら絶対《ぜったい》にそんなことはしない。はるかは真面目で慎重《しんちょう》な性格《せいかく》だ。このみからも「はるかちゃんはチキンだね」なんて笑われることもある。

だからこんなふうに、知らない家に近づいていくなんて、自分でも不思議なくらいだった。まるで白猫の魔法《まほう》にでもかかったみたいだ。

ふわふわした足取りで近づく。

何かのお店かな。

おそるおそるのぞいた内部は、暗くてよく見えなかったけれど、こんがり焼いたバタートーストの香《こう》ばしい匂《にお》いが鼻をくすぐった。

いい匂《にお》い。

鼻をひくひくさせていると、奥《おく》から低い声がした。

「いらっしゃいませ」

声に誘《さそ》われるように、はるかは右足を踏《ふ》み入《い》れた。床《ゆか》が土でできた土間のせいか、足元にしっとりした空気がまとわりついてきた。おずおずと左足も踏み入れる。

暗さに慣《な》れてくると、中の様子が見えてきた。まず目に入ったのは天井《てんじょう》で、太くて立派《りっぱ》なはりが、屋根を中から支《ささ》えるように何本も横切っている。

天井裏《てんじょううら》みたい。

と思ったけれど、どうやらカフェのようだった。視線《しせん》を落とすと右側にカウンターがあり、コーヒーのサイフォンや注ぎ口の細い銅製《どうせい》のやかんが置いてある。左側はテーブル席になっていて、フロアには二人掛《が》けのテーブルと椅子《いす》のセットがいくつか置いてあった。

席には何人かのお客さんが座《すわ》っていたけれど、なかには自分と同じように一人で来ているらしい子どもの姿《すがた》もあった。

はるかは少し安心してカウンターに目を戻《もど》すと、白シャツに黒いベストを着て腰《こし》からの長いエプロンをつけた男の人が立っていた。おじいさんとおじさんの間くらいの年ごろで、白髪《しらが》のまじった髪《かみ》をきれいに整えている。声をかけてくれたのはこの人だろう。

それにしてもさっきの猫《ねこ》がいなかった。

「あれ？　猫は」

きょろきょろしていると、おじさんはふっと笑ってから言った。

「ああ、白雪《しらゆき》に案内されてきたんですね。ではどうぞ」

「は、はい」

招《まね》き入《い》れる手つきに、どきどきしながら会釈《えしゃく》をしたはるかだったが、中をのぞいて目を見開いた。目に飛《と》び込《こ》んできたのは、大量の本だったからだ。壁一面《かべいちめん》に本がぎっしり並《なら》んでいる。

「ここって、本屋さんですか？」

思わず話しかけると、おじさんはゆったりと微笑《ほほえ》んだ。

「いいえ。ここはブックカフェです。おいしい飲み物やお菓子《かし》と一緒《いっしょ》に、本の世界をゆっくり楽しんでいただく空間です。わたくしのことはマスターとお呼《よ》びください」

「そうなんだ」

それをきいて、はるかの緊張《きんちょう》は一気にほどけた。本を読むことは好きだし、おいしい飲み物やお菓子はもっと好きだ。笑顔《えがお》になったものの、すぐに眉根《まゆね》は寄《よ》ってしまった。

お財布《さいふ》を持ってきていないのだ。すると、はるかの心のうちを察したように、マスターが言った。

「お代は大人が五百円、子どもは百円となっています。でも、もしお客様が本をお持ちで、その本を置いていってくださるならお代はちょうだいしておりません」

「あ、本なら持っていま……」

はるかは、しかけた返事を飲《の》み込《こ》んだ。持っている本は、このみに貸《か》すはずだったことを思い出したのだ。「読みたい」と言ったときのこのみの顔が胸《むね》に浮《う》かんだ。

どうしよう。

迷《まよ》いながらも、はるかはそばの本棚《ほんだな》を見やった。そのとたん、目が引《ひ》っ張《ぱ》られたようになった。

『はるかな物語』

え？　はるかの物語？

近寄《ちかよ》って手に取ってみる。自分の物語かと思ったからだ。

けれどもよく見ると一字だけ違《ちが》った。の、ではなく、な。主人公が自分と同じ名前というわけではないらしい。

な～んだ。

はるかは肩《かた》をすくめたけれど、表紙の絵は素敵《すてき》だった。女の子の後《うし》ろ姿《すがた》が描《えが》いてある。きっとこの子がはるかな世界を目指すのだろう、と思ったけれど、あれ？

はるかは小首をかしげる。なんだか、女の子の後《うし》ろ姿《すがた》が自分に似《に》ている気がしたのだ。そのとたん、このみの顔は消えてしまった。

「それでよろしいですか」

「はい、いいです」

マスターの声に、はるかはこっくりとうなずいた。一刻《いっこく》も早くページを開きたい気持ちだ。

「では、お席でお待ちください」

「はいっ」

はるかはいそいそとテーブルに向かい、空いていた席に座った。テーブルはつややかな飴色《あめいろ》で、キャンプで使うランタンみたいなランプが置いてあった。椅子《いす》にはビロードのクッションが張《は》られている。座ってみると柔《やわ》らかすぎでも硬《かた》すぎでもないちょうどよい座り心地だ。

そっとまわりを見渡《みわた》すと、ほかのお客さんたちは、ランプの光を頼《たよ》りに、静かに本を読んでいた。はるかがやってきたことになど気づいていないようだった。

本のいいところは、夢中《むちゅう》になってしまえばほかのことを忘《わす》れてしまえるところだ。このみとは絶交《ぜっこう》してしまったけれど、そんないやな気分なんか忘れてしまおう。

表紙を開こうとしたとき、マスターの声がした。

「お飲み物とお菓子《かし》をご用意しました。今日のあなたにぴったりのはずです」

そう言いながら、銀色のトレイから、カップとお皿をテーブルに移《うつ》してくれた。

「ヨモギのカステラとカフェラテです。カフェラテにはラテアートを描《か》いています」

「わあ」

はるかは声を上げた。白いお皿にはきれいな緑色のカステラが一切れのっていて、カフェラテの表面にはクリームでかわいい絵が描いてある。

「よつばだ」

このみの探《さが》しものと同じだ。

しおりは見つかったかな。

一瞬《いっしゅん》心配になったけれど、はるかは頭を振《ふ》った。このみのことは忘《わす》れて本を読むのだ。

マスターは続けた。

「ごゆっくり、と言いたいところですが、このカフェには一つだけ決まり事があります。本を読めるのは、このラテアートが消えるまでとなっております。どんなに続きが読みたくても、そこまでです」

はるかはこくんとうなずいた。少し残念だけれど、そんなに長く寄《よ》り道《みち》もできない。

「わかりました」

答えると、マスターは静かに笑ってこう言った。

「では、くらくらするようなお一人の時間をどうぞ」

そしてカウンターへと戻《もど》っていった。

くらくらするような一人の時間。

はるかはすっかり愉快《ゆかい》な気持ちになった。それこそが自分が求めていたもののような気がして、本を開く。一行目。


わたしはこれから旅に出る。

冒険《ぼうけん》物語のようだった。

一人の旅立ちを、みんなは心配したけれど、わたしは平気だ。なぜなら本当は一人じゃないからだ。そばには強くて優《やさ》しい味方がいつもいる。どんな困難《こんなん》も二人なら大丈夫《だいじょうぶ》。わたしの味方は胸《むね》ポケットの小さな人形。でもただの人形ではない。これは秘密《ひみつ》のことだけれど、この人形には親友ファラウェイのたましいが宿っている。


ふうん。

話の始まり方としては微妙《びみょう》な感じだ。旅とか人形とか、秘密とか、いかにも不思議な雰囲気《ふんいき》はあるものの、それだけにありきたりな気もした。しかも人形に親友のたましいが宿っているという種明かしが、物語のいちばん初めに書いてあるというのも、なんだかピンとこなかった。

それを初めに言う？

思わず首をひねってしまう。

はるかは小さいころから読書が好きで、外国のファンタジーもたくさん読んできたけれど、一ページ目からネタバレする本は初めてだった。

う〜ん。

小さくうなって、カップを取った。本に目を落としたまま、カフェラテを一口すする。

「おいしっ」

良《い》い香りとともに、ほどよい甘《あま》さとクリーミーな味わいが口の中に広がった。たまに家で飲むカフェラテとは大違《おおちが》い。思わずもう一口飲もうとしたけれど、はるかはカップを持ち上げる手を止めた。決まり事を思い出したからだ。表面に描《か》いてある、よつばが消えたら読書の時間は終わってしまう。

あれ？

慌《あわ》てて表面を確《たし》かめたはるかは、目を見開いた。なんと葉っぱが一枚《まい》だけ切り取ったように消えていたのだ。普通《ふつう》のラテアートなら、もっとくずれたりにじんだりするはずなのに。

特別なアートなのかな。

とりあえずはるかはカップを置き、フォークでカステラを一口大に切り分け、パクリと食べた。

「おいしっ」

またも口に出してしまった。ふんわりとやわらかいのにしっとりしている。外側のザラメの歯ごたえも楽しい。甘《あま》さも優《やさ》しくて、飲《の》み込《こ》むとすがすがしいヨモギの香りが鼻に残った。

すっかり気分がよくなったはるかは、本の続きに戻《もど》った。


始まりこそ微妙《びみょう》な感じだったものの、物語はすぐに面白《おもしろ》くなった。ところどころに入っている挿絵《さしえ》も素敵《すてき》だ。

物語は主人公が病気になった親友のために、ギザギザ山という険《けわ》しい山に幻《まぼろし》の薬草を探《さが》しに行くという冒険物《ぼうけんもの》らしい。小さな女の子の一人旅なので、家族も村人も心配したり止めたりしたけれど、主人公の気持ちがブレることはない。なぜなら、親友が作ってくれた人形がいつも一緒《いっしょ》にいてくれるからだ。

わたしの名前はナッツ。人形の名前はファラ。前にも言ったがこれは二人の旅である。親友は、ファラウェイという自分の名前の一部を人形につけて、病気の床《とこ》でわたしの無事を祈《いの》り続《つづ》けてくれているのだ。

ナッツとファラ。

はるかは二人の名前を胸《むね》の中で繰《く》り返《かえ》した。物語を読むとき、登場人物の名前は重要だ。きちんと覚えていないと、誰《だれ》が何をやっているのかを追えなくなるし、名前自体に重要な意味があることもある。

次に大切なことは、なるべく物語の光景を思《おも》い浮《う》かべることだ。舞台《ぶたい》が学校なら、自分の学校を思い浮かべ、海や山が出てくれば、記憶《きおく》の中の風景を思い出す。そうすると、物語の世界に上手《うま》く入っていくことができる。

この本は、昔の外国の話みたいなのでちょっと難《むずか》しかったけれど、映画《えいが》で見たことがある中世ヨーロッパのイメージがよく合う気がした。金の首飾《くびかざ》りを求めて旅をする勇者の話だ。なかなか壮大《そうだい》な物語になる予感に、はるかはカステラをもう一口食べた。壮大な物語は読んでいると、決まってお腹《なか》が減《へ》るものだ。

旅立ちの日、わたしは、長老から村に伝わる石を手渡《てわた》され歩き出した。目指すはデコボコ山。今、まさに太陽が昇《のぼ》ろうとしているその山に向かって、わたしは最初の一歩を踏《ふ》み出《だ》した。

え？

ちょっとした違和感《いわかん》に、はるかはページを戻《もど》ってみた。ひっかかったのは山の名前だ。

あ、やっぱり。

目的の山はギザギザ山だったはずなのに、デコボコ山に変わっていた。作者が間違《まちが》ったのだろうか。目的の場所の名前が違うのはけっこう気になる。はるかは自分を落ち着かせるために、カフェラテを口にした。よつばが消えないように気をつけて飲んだけれど、やっぱりきれいに一枚《まい》なくなってしまった。

やば。

まだ物語は始まったばかりなのに、すでにラテアートの葉っぱは半分だ。このままでは、到《とう》底《てい》最後まで読めない。

はるかは静かにカップを置き、読書に戻《もど》った。けれども、
あれれ？

次の場面を読んでまた首をひねった。なんとこう書いてあるのだ。

あたりは霧《きり》が深く、何も見えない。わたしは馬のたづなを操《あやつ》りながら、リュックサックからロープを取り出し、石を結びつけた。

なぜか歩いて村を出たはずの主人公が馬に乗っている。馬はどこから来たのか気になったけれど、とりあえず読み進む。

そして、わっかを作り頭の上で回転させた。ロープは遠心力を得《え》て、だんだんその回転を速

くした。

はるかの頭の中には、なんとなく見覚えのある光景が広がった。いや、なんとなくではない。ロープをなわとびに変えたら、しっかりと記憶《きおく》に残っている出来事で、いつのまにか頭の中の景色は、小学校の体育館になってしまった。

このみが突然《とつぜん》、なわとびを回しはじめたのは、先月のなわとび記録会のときだった。みんなでいっせいにとびはじめ、引っかかったらその場に座《すわ》るというルールで、はるかはすぐに引っかかってしまったけれど、このみは粘《ねば》ってとんでいた。

ところが突如《とつじょ》とぶのをやめて、頭の上でなわとびを、ロープよろしくぐるぐるやりはじめたのだ。

応援《おうえん》していたはるかはぎょっとしたが、注意する暇《ひま》はなかった。すぐに先生から叱《しか》られたからだ。

「木原《きはら》このみさんっ！」

次の瞬間《しゅんかん》、なわとびはビューンと飛んでいき、はるかはとっさに追いかけた。そして、なわとびを拾って持っていってあげた。それなのにこのみときたら、お礼も言わず、じっと天井《てんじょう》を見つめていた。

「このみちゃん、何やってるの？」

何をそんなに見ているのかと、このみの視線《しせん》を追ったけれど、天井《てんじょう》には別に珍《めずら》しいものはなかった。骨組《ほねぐ》みの鉄棒《てつぼう》にバドミントンの羽根がいくつか挟《はさ》まっていたくらいだ。

そのときのことを思い出すと、いやな予感しかしない。

へんなところに飛んでっちゃうよ。

はるかは物語の主人公に忠告《ちゅうこく》しつつ、続きの文字を追った。と、やっぱり次の一文にはこうあった。

ロープはわたしの手を離《はな》れ、霧《きり》のかなたに飛んでいった。

やっぱりね。

はるかは鼻を鳴らしそうになったけれど、首を左右に数回振《ふ》った。

だめだめ。

これは中世ヨーロッパの壮大《そうだい》な冒険《ぼうけん》物語であって、このみの理解不能《りかいふのう》なエピソードではない。はるかは頭の中を、小学校の体育館から深い霧が立《た》ち込《こ》めたヨーロッパの丘《おか》の風景に切《き》り替《か》えた。

気を取り直して、続きを読む。そして少し安心した。こう続いていたからだ。

ロープは空を飛びながら、ぴかっと光り、視界《しかい》のかなたに吸《す》い込《こ》まれた。だが、すぐにまた光った。まるで遠くの空に、輝《かがや》く星が一つ生まれたようだった。

　そういえば旅立ちの日に長老から、石をもらってたっけ。

　目的地の名前に気を取られて、大事なポイントを読《よ》み過《す》ごしていたことに気づき、ページを戻《もど》して確認《かくにん》してはるかは舌《した》うちをしそうになった。

　冷静に読まなきゃ。

　思い直してページを戻す。

　するとわたしの胸《むね》のポケットで、小さな声がした。

「あの光を目指せばたどりつけるわ」

　声の主は親友だ。主人公には、人形を通して親友の声が聞こえるのだ。

　主人公と病気の親友の友情《ゆうじょう》に胸が熱くなる。主人公は、病床《びょうしょう》にある親友のために危険《きけん》な旅に出て、それを待つ親友は主人公の無事をベッドの上で祈《いの》っている。きっと気持ちの上では、二人は一緒《いっしょ》に旅をしているのだろう。

　目指すのはあの光。わたしは山を見上げた。すると、胸ポケットからまた声が聞こえた。

「目指すはあのギザギザ山よ」

　ああ、よかった。

　はるかは人形の言葉に安堵《あんど》する。正しい目的地に戻った。さらに次の展開《てんかい》は、はるかを興奮《こうふん》させるものだった。そこにはこう書いてあったのだ。

次の瞬間《しゅんかん》、わたしは「あっ」と声を上げた。なんと、ロープを手放した手にいつのまにか剣《けん》が握《にぎ》られていたのだ。

そうこなくっちゃ。

はるかはこぶしを握った。これまで読んできた物語の中には、何かを失っても、別の新しいものが授《さず》けられるという話が多かった。そして新しく得《え》たもので、次の試練を乗《の》り越《こ》える。

きっとこの剣が役に立つはず。

はるかは自分の予想に胸《むね》をときめかせた。

物語でも、主人公は手に入れた剣を背中《せなか》のリュックサックに差《さ》し込《こ》んで意気揚々《いきようよう》と歩いていた。なぜか馬は消えていて、また歩いていたけれど、あまり気にしないことにした。これはこういう物語なのだ。

些細《ささい》な間違《まちが》いよりも冒険《ぼうけん》そのものが大事。この先も、きっと素晴《すば》らしいことが待っているはずだ。

はるかはこの物語を読むコツをつかんだ気分になって、ページをめくった。

すると、予想どおりにドラマチックな場面が訪《おとず》れた。森の中を歩いていると、突然《とつぜん》、目の前に黒ずくめの集団《しゅうだん》が現《あらわ》れた。集団を率《ひき》いているのはクマのような大男で、自分たちはこの森をアジトとしている、盗賊団《とうぞくだん》だと名乗った。

「この森をただで通れるとは思うなよ。通るのは、俺《おれ》たちをたおしてからだ。かかれ、お前たち！」

大男からけしかけられて、黒ずくめの手下どもが、ワーッとばかりに攻《せ》めてきた。

「うわっ」

主人公はひるんだが、胸《むね》ポケットの声を聞いた。

「さあ、今こそ剣《けん》を使うのよ」

「そ、そんなことできない」

答えたわたしの声は震《ふる》えていた。実際《じっさい》恐《おそ》ろしかったのだ。剣なんて使ったことがない。

主人公は、勇ましい割《わり》に案外気が弱いところもあるようで、はるかはどぎまぎしてしまったが、胸の大きな声が続けて言った。

「旅をあきらめるつもり？　あきらめてはだめ」

この声を聞いたとたん、わたしはお腹《なか》の底から力が湧《わ》くのを感じた。

「わかったわ」

わたしは覚悟《かくご》を決めて、背中《せなか》の剣を取り上げた。

よかった。頑張《がんば》って！

そのとたん、剣《けん》に手がはりついたようになった。そして強い力でわたしの腕《うで》を引《ひ》っ張《ぱ》りはじめた。まるで剣が生きているみたいだ。

「おっとっと」

剣を操《あやつ》るのは、ロープを回すよりも、暴《あば》れ馬《うま》のたづなを引くよりも難《むずか》しかったが、なんとかバランスを取った。そしてわたしは剣を天に振《ふ》りかざした。いや、天に向かって動いたのは剣そのもので、わたしは手を添《そ》えていただけだ。けれどもそれが合図だったように、大きな雷鳴《らいめい》が一つ鳴り、稲光《いなびかり》が空を駆《か》け抜《ぬ》けた。

「剣に光を！」

わたしは叫《さけ》んだ。それが剣の願いだと感じたからだ。そして、盗賊団《とうぞくだん》の方へと投げた。剣は自分の使命を知っているかのように空《くう》を切り、クマのような大男の足元に突《つ》き刺《さ》さった。

次の瞬間《しゅんかん》、
ビカッ！

空を切《き》り裂《さ》いていた雷《かみなり》の閃光《せんこう》が、一気に剣に集まり強い光を放った。

ガラガラガラドカーンッ！

と同時に大地が割《わ》れるような音が鳴り、雷が落ちた。わたしは視界《しかい》が白くなるのを感じた。

大丈夫《だいじょうぶ》かな。

どきどきしながら、はるかはページをめくる。

気がつくと、盗賊《とうぞく》たちは一人残らず消えていて、地面には突《つ》き刺《さ》さった剣《けん》だけが残されていた。

剣の輝《かがや》きは手に入れたときよりも増《ま》していて、新たな力を得《え》たことを物語っていた。

よかった。

一気に読んで、はるかは胸《むね》をなでおろした。盗賊を倒《たお》した上に、剣までパワーアップしている。

「さあ、この森を抜《ぬ》けましょう。日が暮《く》れるまでに山につかなくては」

胸から聞こえるファラの声にうなずいて、わたしは先をいそいだ。

けれどももしかし……。

主人公は、再《ふたた》び勇ましく進み出したものの、なかなか目的地にはつかなかった。というのも、十歩進むごとくらいに、小さなトラブルに見舞《みま》われるからだ。たとえば、目印の光を見つめて歩いていたら、木の根っこに足をひっかけて転んでしまったり、近道のために川を渡《わた》ろうと、棒《ぼう》を片手《かたて》にジャンプしたら、川のまん中で底に突き刺さった棒もろとも止まってしまったり、普通《ふつう》にしていればおこらないようなトラブルばかりに見舞《みま》われる。魔法《まほう》の剣をあんなに巧《たく》みに使いこなしたとは思えないほどのドジっぷりだ。

はるかは肩《かた》をすくめたけれど、人形はそんな主人公を胸《むね》ポケットの中から、ずっと励《はげ》まし続《つづ》けていた。

それを心の支《ささ》えにして、主人公は森をどうにか通《とお》り抜《ぬ》けた。するとそこには次の関門が待っていた。道が二つに分かれていたのだ。

どっちに行けばいいものか迷《まよ》っていると、小人のおじいさんがやってきた。主人公はおじいさんにたずねた。

「ギザギザ山に行きたいのですが、どちらに進めばいいのでしょう」

するとおじいさんは、にやりと笑ってこう答えた。

「わしの出すなぞなぞに答えられたら教えてやろうぞよ」

「はい。なぞなぞなら得意《とくい》です」

わたしは胸を張《は》って答えた。

「では出すぞよ。タヌキ、クロブタ、ダチョウ、トガリネズミ。この中ではなしのおもしろい動物はどれでしょう」

あれ、これは？

はるかの頭にうっすらと記憶《きおく》がよみがえった。確《たし》か読んだことのある本に書いてあったなぞなぞだ。

うーんと、なんだったっけ。

けれども思い出せない。はるかは足をじたばたさせてしまったが、主人公もわからないみたいだ。物語の中で考《かんが》え込《こ》んでいる。腕組《うでぐ》みをして首をかしげる主人公に、小人のおじいさんは薄笑《うすわら》いを浮《う》かべて言った。

「わからなければ、道は自分で選ぶしかないぞよ。一方はギザギザ山に続く道、もう一方は奈落の底へと続く道だ。いずれを選んで歩き出したとしても、歩いてきた道は消えてしまう。つまり二度と引き返せないというわけじゃ。さあ、選ぶがいい」

ページにはなぞなぞを出している、おじいさんの挿絵《さしえ》がついていた。薄笑いどころか、主人公が悩《なや》んでいるのを嬉《うれ》しがるような、人の悪い笑《え》みを浮かべていた。

感じ悪《わる》。

腹立《はらだ》たしい気持ちになったとたん、はるかの記憶《きおく》が音を立てた。

「あっ」

思わず口に出してしまい、はるかは、はっと顔を上げた。ここはみんなが静かに本を読む、ブックカフェだと気がついたからだ。案の定、マスターと目が合った。

ごめんなさい。

会釈《えしゃく》をしてから胸《むね》の中だけで、主人公に伝える。

答えはダチョウよ。

小人のおじいさんが出したなぞなぞは、前にこのみから出されたことがあったのだ。難《むずか》しかったので降参《こうさん》すると、このみが「この本を読んでみて」と、本を貸《か》してくれた。『ぽっぺん先生の日曜日』という本だった。とってもおもしろい本で、なぞなぞの答えも書いてあった。

答えを思い出したはるかは、なんとか教えたかったけれど、当然本の中には届《とど》くはずもない。主人公はまだ悩《なや》んでいた。両手で頭をかきむしっている。

「どうやらわからんようだな。ぬほほほ」

おじいさんは、愉快《ゆかい》ここに極《きわ》まれり、という顔で高笑いをした。

答えはダチョウよ。

はるかは念じた。

「そろそろ時間切れじゃ」

ダチョウ。

はるかはさらに強く念じた。と、そのとき、物語の中からはるかの心の声がきこえた。

「ダチョウ」

もちろん、実際《じっさい》にきこえたわけではない。本にそう書いてあったのだ。そしてそれを言ったのも、もちろんはるかではない。主人公の胸《むね》ポケットにいる人形だ。けれどもあまりのタイミングの良さに、もしや自分の念が届《とど》いたのかとはるかは思った。

ともあれ主人公は、しっかり声を受け取った。

「ダチョウの体を思い出すとわかるわ」

「……ああ、なるほどそうか」

わたしは、頭をかきむしるのをやめ、顔を上げた。そして姿勢《しせい》を正すと、意気揚々《いきようよう》と答えた。

「答えはダチョウ。ダチョウの尻尾《しっぽ》は白いから、尾《お》も白い。ダチョウには歯がないから、歯なし。だからはなしのおもしろい動物は、ダチョウってことよ」

それをきいたとたん、さっきまで高笑いをしていたおじいさんは、ぽかんと口を開けた。そして仕方なさそうに舌《した》うちをし、左側の道を指さした。

あ～良かった。

はるかは息をついた。一息つこうとカップに手を伸《の》ばす。けれども口のそばまで持っていって思いとどまった。よつばはあと二枚《まい》しかない。ギザギザ山への道のりはまだまだ遠そうだ。はるかはそっとカップを元《もと》に戻し、残りのカステラをフォークにさした。一口にしては大きかったけれど、これからの冒険《ぼうけん》の腹《はら》ごしらえをするつもりで頬《ほお》ばって、物語に戻《もど》った。が、すぐにいやな予感に見舞《みま》われた。こんなことが書いてあったからだ。

道を教えてもらったわたしは、おじいさんにお礼を言うべく、居《い》ずまいを正した。

ま、まさか。

このパターンにも覚えがある。はるかの頭の中には、ある光景がフラッシュバックした。

あんまり深く頭を下げないほうが……。心配したとたんのことだった。

ガシャガシャガシャーン。

物語の中では、まさに記憶《きおく》をなぞるような、いや、それよりももっと派手《はで》な場面が広がったのだ。

感謝《かんしゃ》の気持ちを表したくて、わたしが勢《いきお》いよくおじぎをしたとたん、大きな音がした。リュックサックの中のものが、飛び出してしまったのだ。どうやらひもを結んでいなかったらしい。ロウソクや手袋《てぶくろ》にピッケル、パンやチーズやハチミツのビンなどが辺り一面に散らばってしまった。赤いリンゴもころころ転がっていった。

「うぐぐっ」

そこまで読んで、はるかは、カステラを飲《の》み込《こ》んでしまい、のどに詰《つ》まらせた。

やっぱり。

「大丈夫ですか?」

げほげほやりながら、顔を上げると、すぐそばにマスターが立っていた。

「う、うぐぐ。大丈夫《だいじょうぶ》です」

「カフェラテを飲んで落ち着いてください」

「はい」

言われるままに、はるかはカップに口をつけた。

ごくり。

柔《やわ》らかい香りとともに、のどを温かな液体《えきたい》が流れていった。カフェラテはちょうど良《い》い温度になっていてとてもおいしかった。すっかり落ち着いたはるかだったが、カップの中のよつばは最後の一枚《まい》になっている。

まずい。

早く読まなくては。そして、ぶちまけた荷物がちゃんとあるかどうか確《たし》かめなくては。

はるかはすっかり使命感にとらわれていた。ここまで読んできて、主人公がちょっとがさつで、のんきな性格《せいかく》だということがわかっている。だから自分がしっかりフォローしなければという気になっていた。

これではいつもと同じだけれど、そんなこと言っていられない。はるかは主人公のことが気になって仕方ないのだ。勇ましいけど危《あぶ》なっかしいこの子のことが、いつのまにか大好きになっていた。

これからどんな旅になるんだろう。

期待と心配でいっぱいになった胸《むね》を押《お》さえつつ、続きを追ってみる。

しかし主人公はのんきなものだった。中身をぶちまけたにもかかわらず、歌なんか歌いながら、荷物を拾い集めていた。

「パンにチーズとリンゴをはさみ、サンドイッチを作りましょう。チーズはしょっぱくリンゴは甘《あま》い。そこにハチミツ、ト〜ロトロ」

危険《きけん》な冒険《ぼうけん》というよりも、近所の山にハイキングにでも行くみたいな調子だ。

ため息をつきたくなったはるかだったが、同時にみぞおちのあたりがひやっとした。

拾い集めている荷物の中に、大切なものがない気がする。

「暗くなったらロウソクが、がけを登るには、ピッケルがきっと助けてくれるでしょう〜」

歌は続いていたが、やっぱり大切なものは出てこない。

剣《けん》はどうしたんだろう。

はるかはぎくりと体をふるわせた。そのとたん、
けれど歌っていたわたしは叫《さけ》んだ。

「剣がない」

やっと気づいた〜。

はるかがほっとしたところに、どこからか小人のおじいさんの声がした。

「よいしょ、よいしょ」

ズルッ、ズルッ

え？　ということは？

何か重たいものを運んでいる様子に、はるかは息をのんだ。

小人のおじいさんに盗《ぬす》まれたっ！

はるかは悟《さと》り、本の中では主人公も気がついたようだ。

わたしは声の方を見やった。

早く取り返して！

はるかは思ったがそうはいかなかった。

するとなんと剣《けん》が一人でに動いているではないか。よたよたしながら進んでいる。わたしはさらに大きな声を上げた。

「剣が歩いてる！」

いやいや違《ちが》うでしょ。

主人公はとんだ見当違いをしている。どう考えても歩いているのは剣じゃなくて、小人のおじいさんだ。おじいさんが剣を背負《せお》って歩いているのだが、大きな剣に体がすっぽりと隠《かく》れているために、剣《けん》が歩いているみたいに見えるのだ。

やっぱりこの人は、夢見《ゆめみ》がちすぎてちょっと心もとない。

かえすがえすはらはらしていると、胸《むね》ポケットから声がした。

「そうだと面白《おもしろ》いけれど、落ち着いてよく考えてごらんなさい。剣が一人で歩くわけがないでしょう」

冷静な声に、わたしは落ち着きを取《と》り戻《もど》した。

「ああ、そうよね。さっきのおじいさんが担《かつ》いでいるんだ」

けれども主人公がやっと真相を理解《りかい》したときには、剣は空を飛んでいた。おじいさんが呼《よ》んだワシが、剣もろとも連れていったのだ。小人のおじいさんは、ワシの使い手でもあるようだった。

あーあ、行っちゃった。

これではもう取り戻せない。この先、彼女《かのじょ》は、剣なしでどうやって冒険《ぼうけん》をする気だろう。これから出てくるのは、小人のおじいさんくらいなものではないはずだ。開かない岩の扉《とびら》や、獰《どう》猛《もう》な動物、場合によってはドラゴンだって登場するかもしれない。なんといってもドラゴンはファンタジーにはつきもの。宝《たから》を守るラスボスなのだ。

「どうしよう」

「剣《けん》を失ってしまったのは痛《いた》いわね」

さすがに二人とも焦《あせ》っているみたいだ。

でも、待って。

はるかは思う。何かを失えば、何かを得《え》る。この物語は、そういう構造《こうぞう》になっていたんじゃなかっただろうか。たとえば、鏡とか、呪文《じゅもん》が書かれた経典《きょうてん》とか。ファンタジーではおなじみの不思議なツールが、失った剣のかわりにもたらされるのではないだろうか。

はるかは、ページを進めてチェックしてみた。しかし……。

ない。

残念なことに、それらしい単語は見当たらなかった。これでは次なる試練に立ち向かえない。

どうなるの？

はるかが思ったときだった。

「たとえ剣をなくしても、暗くなったらロウソクが、がけを登るには、ピッケルがきっと助けてくれるでしょう〜」

だしぬけに胸《むね》のポケットから歌が聞こえてきた。さっきわたしが作った歌だ。それをファラが歌ってくれて、わたしはがぜん元気を取《と》り戻《もど》した。

「そうね、悔《く》やんでも焦《あせ》ってもいいことないわ。こういうときこそ前向きに考えなくっちゃ」

すっかり楽しくなって、わたしも続けて歌った。

「パンにチーズとリンゴをはさみ、サンドイッチを作りましょう。チーズはしょっぱくリンゴは甘《あま》い。そこにハチミツ、ト〜ロトロ」

こんなにピンチのときに、歌を歌うなんて、はるかはちょっと拍子《ひょうし》抜《ぬ》けしたけれど、二人はとても楽しそうだ。ページには笑顔《えがお》で歌っている挿絵《さしえ》もついている。それを見たとたん、はるかは、ぽんとひざを打った。

そうか。失った剣《けん》のかわりに得《え》たものは、前向きな明るい心だったんだ。

それに気がつくと自分まで楽しくなってきて、はるかも小さく口ずさんだ。

「パンにチーズとリンゴをはさみ、サンドイッチを作りましょう。チーズはしょっぱくリンゴは甘い。そこにハチミツ、ト〜ロトロ」

歌いながら、このみなら、きっと自分で面白《おもしろ》い歌詞《かし》を考えるんじゃないかな、なんて考えてしまった。

物語は、登場人物の気持ちが自分とぴったり重なってくると、読むのが断然《だんぜん》楽しくなる。まるで自分のことが書いてあると思えるからだ。

この本を読みはじめたとき、はるかは主人公のことを、このみにそっくりだと思った。奇想《きそう》天外《てんがい》で、やることなすことがまったく読めない。だから普段《ふだん》のこのみを思《おも》い浮《う》かべていれば、この先主人公がどうなるのか想像《そうぞう》がついたし、正直に言うと、ドジっぷりが少し面白《おもしろ》かったところもある。

けれども、読み進めるうちに、意味がないと思えた行動の裏《うら》にある、理由や気持ちがわかってきた。

たとえば、突然《とつぜん》ロープを投げたのが目的地を示《しめ》すためだったとか、必要以上に深いおじぎをしたのは、道を教えてくれたことへの最大限の感謝《かんしゃ》の気持ちだったとか。主人公はいつだって一生懸命《いっしょうけんめい》なのだ。

あれ、もしかしたら。

ふとはるかは思い出した。これまで理解《りかい》できないと思っていたこのみの行動にも、何か理由があったのではないだろうか。

ランドセルの中身をぶちまけたのは、この物語の主人公みたいにその日は特別にお礼を言いたいことがあったのかもしれないし、なわとびだって。

あ、そうだ。

はるかは、はっとした。あのとき、このみが見上げていた天井《てんじょう》の骨組《ほねぐ》みには、バドミントンの羽根が挟《はさ》まっていたっけ。

もしかしたら、あれを取ろうとしてたのかな。

そこまで考えて、はるかは眉根《まゆね》をぎゅっと寄《よ》せた。

そういえば、主人公の名前はたしか……。

物語は一人称《いちにんしょう》で語られているので、途中《とちゅう》から意識《いしき》しなくなっていたけれど、最初にチェックしたはずだった。

記憶《きおく》をたどるはるかの頭に、ぽんっと名前が浮《う》かんだ。

「ナッツ」

口にしたとたん、はっとした。

ナッツってもしかして、このみ？

ナッツというのは、英語で木の実という意味もある。ヘーゼルナッツやカシューナッツのナッツ。木の実はこのみと読むこともある。それなら、この物語の主人公は、本当にこのみなのだろうか。

ということは。

その先を考える前に、はるかは納得《なっとく》していた。人形は自分だ。ナッツの胸《むね》ポケットにいて、冷静にあたりを見回し、的確《てきかく》な判断《はんだん》をして、ナッツに勇気を与《あた》えている人形。はるかの胸はどきどきしてきたけれど、名前を思い出して、もう一度眉根《まゆね》を寄《よ》せた。

名前はたしかファラ。はるかとは、関係がない。

いえ、ちょっと待って。たしか、親友は自分の名前の一部を人形に授《さず》けたはず。

え〜っと、なんだっけ。

そのとき、はるかの口の中に甘《あま》いものが入ってきた。

「あ、いけない」

無意識《むいしき》にカップを手に取っていたようだった。そして、残りのカフェラテを飲みほしていた。もちろんよつばは消えてしまった。

「あーあ」

「お時間です」

驚《おどろ》きとともに肩《かた》をすくめたとき、カウンターからマスターが言った。

「ちょ、ちょっとだけ待ってくださいっ」

はるかは急いでページをめくる。せめて名前だけ知りたい。初めの方に書いてあったはずだ。

はるかはパラパラと、ページをめくった。と、その拍子《ひょうし》にはらり、と何かが本から落ちた。

「えっ！　これは！」

落ちたものを確《たし》かめたはるかは、目をまん丸にした。だってそれは、このみがなくしたしおりだったからだ。

二人で探《さが》して、一緒《いっしょ》に作ったよつばのしおり。仲良しのしるし。

まちがいなくこのみのだ。

拾い上げたしおりを見つめるうち、一緒に探した日のことが思い出された。

あのとき一本目はすぐに見つかった。見つけたのはこのみ。

「よし、次は、はるかちゃんのね」

このみはそう言って、はるかの分を一緒に探してくれた。でも二本目はなかなか見つからなかった。たぶん一時間以上は探したと思う。そのうち、日が暮《く》れはじめ、あたりはうす暗くなってきた。

「もういいよ」

はるかはあきらめかけたけど、

「だめよ、あきらめちゃ」

このみはきっぱり首をふり、目を皿のようにして、クローバーをかきわけ続けた。そしてついに、

「あったーっ」

と大声を上げたのだ。

「やったーっ」

はるかも声を上げ、二人で手を取り合って喜《よろこ》んだ。このみが探《さが》してくれなかったら、あきらめていたに違《ちが》いない。

と、そこまで考えてはるかは、首をかしげた。

このみもこのカフェに？

しおりがここにあるということは、このみもここにやってきて、この本を読んだということだろうか。

物語の親友の名前なんか、吹《ふ》っ飛《と》んでしまうくらいの驚《おどろ》きだ。

「どうしました？」

マスターの問いかけにも答えられずぽかんとしてしまう。胸《むね》の内《うち》にはナッツとファラの旅が駆《か》け抜《ぬ》けていた。不思議なことに、その旅の中ではナッツは自分で、ファラはこのみだった。

自分はフォローしてばかりだと思ったけれど、そんなこともないかもしれない。このみは、すぐにびくついたり、あきらめそうになるはるかを、いつだって励《はげ》ましてくれていた。

「そのしおりをはさんでおきますか？」

続けてたずねたマスターに、はるかはやっと我《われ》にかえり、首を横に振《ふ》った。

旅はしっかりと心に刻《きざ》まれている。そしてどの場面も生き生きと心の中で動いている。

だから、大丈夫《だいじょうぶ》。

「どこから読むかはちゃんとわかってます」

はるかはにっこり笑って、『はるかな物語』をカウンターに置いた。そしてランドセルから
このみに貸《か》すはずだった本を出し、となりに置いた。

「はい。次はいちばんの友達と来ます」

「では、お名前はそのときに」

マスターははるかの心の中を見通すように言った。

このみと一緒《いっしょ》に名前を確《たし》かめるところを想像《そうぞう》して、はるかは楽しくなったが同時にはっと気
がついた。

「早く帰らなくっちゃ」

途中《とちゅう》まではいえ、ファラたちとあんなに長い旅をしたのだから、ずいぶん時間が経《た》ってい
るはずだ。

「もう、暗くなってるかも」

すると、マスターは首をゆっくり左右に振《ふ》った。

「それなら大丈夫です」

穏《おだ》やかな笑《え》みを浮《う》かべて言った。

「ありがとうございました。またお待ちしています」

何が大丈夫《だいじょうぶ》なのかな。

はるかは首をひねったが、お店を出たとたん、「あっ」と叫《さけ》んだ。

外は店に入ったときと同じ明るさだったからだ。

うーん？

不思議だけれど、当然のような気もしてきた。

きっと、一気読みをしちゃったんだ。

面白《おもしろ》い本にはそういうことがときどきある。

それよりも。

はるかは手のひらを広げてみる。

よつばで作ったしおり。

必死で探《さが》してくれたこのみの顔を思い出して、はるかの胸《むね》はじわっと温かくなる。

このみは仲良しのしるしを大事にしてなかったのではない。大事なものだからこそ、あんなに一生懸命《いっしょうけんめい》探していたんだ。

このしおりを見たら、このみはどんな顔をするだろう。

はるかはスキップをするように、帰り道を探《さが》した。

呪《のろ》いの行《ゆ》く末《すえ》

廣嶋玲子

「亜希《あき》〜。ちょっといい？」

麻衣花《まいか》にねちっこい声をかけられ、亜希はびくっと体をこわばらせた。麻衣花がこういう声で話しかけてくるときは、絶対《ぜったい》にろくなことがない。そのことを、亜希はいやというほど知っていた。

いったい、今度はなにをされるんだろう？　宿題をかわりにやれと、命令される？　好きでもない男子にラブレターを書いてみろと言われる？　それとも、クラスメイト全員の前で、なにか馬鹿げたことをして、笑いものになれというのだろうか？

これまでやられたいやがらせが、ぱっと頭の中に広がり、亜希は胸《むね》が苦しくなった。もういやだ。たくさんだ。

心の底から悲鳴があふれそうになる。でも、亜希はその悲鳴をいつも押《お》し殺《ころ》す。

六年生になっても幼稚《ようち》な麻衣花は、それだけに悪質《あくしつ》ないじめをくりかえす子なのだ。逆《さか》らえば、逆《ぎゃく》ギレして、もっとひどい目にあわせてくるだろう。だったら、いまの状態《じょうたい》のほうがまだましだ。

亜希はむりやり笑《え》みを浮《う》かべて、聞き返した。

「なに、麻衣花ちゃん？」

「うん。あんた、最近、すごくいい子だったからね。ご褒美《ほうび》に、いいものあげる～。はい、どうぞ」

麻衣花がさしだしてきたのは、一冊《さつ》の古そうな本だった。厚《あつ》みはたいしたことなく、まるで絵本のようだ。だが、表紙は黒く、タイトルは削《けず》り取《と》られたかのように文字が薄《うす》れていて、読めない。

よくわからない本に、亜希はとまどって、すぐには反応《はんのう》できなかった。とたん、麻衣花の目が爬虫類《はちゅうるい》みたいに冷たくなった。

「受けとらないの？　あたしのプレゼント、気に入らないわけ？」

「そ、そんなことない。うれしいよ。あ、ありがと」

あわててお礼を言って、亜希は本を受けとった。

とたん、にまああっと、麻衣花はすごくいやな笑みを浮かべ、おおげさに声をはりあげたのだ。

「やったー！　あ～あ、亜希、受けとっちゃったね。これであんた、呪《のろ》われたよ」

「え？」

「それ、呪《のろ》いの本なんだよねえ。手に入れたら、二十四時間以内に読まなくちゃいけないんだって。そうしないと、家族に悪いことが起きるって。でも、読んだら読んだで、自分に呪いがかかっちゃうらしいよ。どう？　どっちにしても強烈《きょうれつ》で、おもしろいでしょ？　うちの従姉妹《いとこ》がオカルトが好きで、手に入れたんだって。ほんとに呪いがあるかどうか、確《たし》かめてみたくなって、もらってきたわけ」

「でも、それじゃ麻衣花ちゃんだって呪いが……」

「ううん。あんたに渡《わた》したことで、あたしの呪いはちゃらになったの。二十四時間以内に誰《だれ》かに渡せば、呪いはかからないんだって。でも、あんたはきっちり読まなくちゃだめだから。明日の朝、この本を持ってきて、中身の感想教えること。いい？」

「そ、そんな……」

「って、ことで、実験台、よろしくねー！」

げらげら笑いながら、麻衣花は自分の仲間のほうへ戻《もど》っていった。その子たちもみんなにやにやしていた。

自分のことをあざわらっているんだと、亜希はうつむいた。うつむくことが、唯一《ゆいいつ》できることだった。

こうして、亜希は呪いの本を押《お》しつけられてしまった。

放課後、亜希は一人で学校を出て、とぼとぼと、家への道を歩きだした。おりしも梅雨時《つゆどき》で、雨が降《ふ》っていなくとも、空は渦巻《うずま》くような暗い雲でおおわれている。

だが、そんな空模様《そらもよう》ですら、亜希ほど陰気《いんき》ではなかった。

歩く間も、亜希は本のことが気になってしかたなかった。

ばかばかしい。読んでも読まなくても悪いことが起きる本だなんて、あるわけない。

そう思おうとしたが、やはり気味が悪かった。だいたい、麻衣花みたいな悪意の塊《かたまり》がよこしたのだから、きっとよくないものに違《ちが》いない。

だんだんと本気で怖《こわ》くなってきた。

いっそ、このまま捨《す》ててしまいたい。でも、明日、麻衣花のもとに本を持っていかなくてはいけない。感想も言わないといけないという。適当《てきとう》なことを言う？　でも、麻衣花は内容《ないよう》を知っていて、亜希のごまかしを見破《みやぶ》ってくるかも。そうなったら、今度はどんな目にあわされることやら。

怖い。悔《くや》しい。腹《はら》が立つ。

いろいろな感情《かんじょう》が波のように押《お》しよせてきて、亜希の目に涙《なみだ》がこみあげたときだ。

ふいに、小さなささやきが聞こえてきた。どうやら、生《い》け垣《がき》の曲がり角の向こうに誰《だれ》かがいて、おしゃべりをしているようだ。

盗《ぬす》み聞《ぎ》きなどする気はなかったが、亜希は自然と耳を澄《す》ませてしまった。というのも、その話し声も内容《ないよう》も、なんだか不思議な気配に満ちていたのだ。

「聞いたぜ、白雪《しらゆき》。この前、またお店にお客さんをご案内したそうじゃないか。新しい本が手に入ったって、マスター、喜《よろこ》んでたぞ」

「ええ、そうなのよ、虎徹《こてつ》。女の子で、友達のことで悩《なや》んでいたけれど、お店で本を読んだあとは、晴れ晴れした顔で帰っていったわ。お客様のああいう顔を見られるのが、私《わたし》、一番すきよ。それに、ふふ、マスターにはご褒美《ほうび》ももらえるし」

「だよなあ。おれも活躍《かつやく》したいんだが、担当《たんとう》が特殊《とくしゅ》だから、なかなかぴったりのお客さんが見つからねえのさ。ああ、どこかにいないかなあ。呪《のろ》いに悩《なや》んでいるお客さん。もし、いたら、それを解決《かいけつ》できるお店に案内してやれるのになあ」

最後の言葉に、亜希はどきっとした。

この人、私が聞いていることを知っている。私が呪いの本のことで悩んでいることも、なぜか知っているんだ！

矢も盾《たて》もたまらず、亜希はばっと生《い》け垣《がき》の角を曲がった。

誰《だれ》もいなかった。道のずっと向こうまで、人っ子一人見当たらない。

かわりに、猫《ねこ》が二匹《ひき》いた。一匹は美しい白猫で、そちらはさっと生け垣の中に逃《に》げこんでしまった。だが、もう一匹《びき》のほうは身動き一つせずに、じっと亜希を見返してきた。

大きなトラ猫《ねこ》だった。ふてぶてしい面構《つらがま》えで、歴戦《れきせん》の戦士《せんし》のような雰囲気《ふんいき》だ。その金色の目は、亜希の心を見透《みす》かしているかのように力強いものだった。

と、猫が「ミャオッ!」と短く鳴いて、ゆるやかに歩きだした。亜希は思わずあとを追った。ついてこい、と言われた気がしたからだ。

トラ猫はどんどん進み、あちこちの細道に入っていった。亜希がついてこられるスピードで、決して見えなくなることはない。それを追いかけるうちに、いつしか亜希はぜんぜん知らない場所に迷《まよ》いこんでしまった。

だが、怖《こわ》いとは思わなかった。トラ猫が前を歩いているかぎり、大丈夫《だいじょうぶ》な気がする。

そうして十五分以上歩き続けた末、亜希は不思議な建物へと導《みちび》かれたのだ。

それは蔵《くら》だった。白ぬりの壁《かべ》に、どっしりとした黒い屋根瓦《やねがわら》。こういう蔵を、亜希は田舎《いなか》で見かけたことがあった。だが、この蔵ほど威風堂々《いふうどうどう》として、それでいて神秘的《しんぴてき》な静けさを持つものは初めてお目にかかる。こんな普通《ふつう》の住宅街《じゅうたくがい》の中にあるからだろうか。

いや、そうではない。この蔵はどう見ても特別だ。その証拠《しょうこ》に、亜希のことを待ちかねていたかのような感じがする。

歓迎《かんげい》されている。

そう感じたとたん、こそばゆい嬉《うれ》しさがこみあげてきた。

と、りっぱな扉《とびら》の前で、あのトラ猫《ねこ》が亜希に向かって呼《よ》びかけてきた。早く来いよと、言っているようだ。

亜希がトラ猫に近づいたところ、まるで自動ドアのように、扉が開いた。分厚《ぶあつ》い扉の向こうは暗く、ひんやりとした空気に満ちていた。だが、それを和《やわ》らげるようなコーヒーのいい香りと、甘《あま》いお菓子《かし》の匂《にお》いがする。

そして……。

「いらっしゃいませ。どうぞ中へ」

柔《やわ》らかな声が、奥《おく》の暗がりから響《ひび》いてきた。その声に引《ひ》き寄《よ》せられるように、亜希は蔵《くら》の中に入っていた。

いったん、足を踏《ふ》み入《い》れてしまえば、蔵の中は意外と明るかった。あちこちにアンティークっぽいランタンが置かれていて、なんともやさしい光を放っている。

どうして、外にいたときは、この明かりが見えなかったのだろう？　中をのぞいたときは、とろりとした暗闇《くらやみ》しかなかったというのに。

不思議に思ったところで、亜希はまた驚《おどろ》いた。

なんと、蔵の中は、お店になっていたのだ。

そこら中の壁《かべ》に、本がぎっしりつまった本棚《ほんだな》が取りつけてあり、最初は本屋かと思った。だが、テーブルやイスが置かれ、数人のお客さんが本を読みふけりながら飲み物やお菓子《かし》をつまんでいるところを見るに、どうやらカフェのようだ。実際《じっさい》、右側のカウンターにはコーヒー豆をつめた瓶《びん》ややかん、コーヒーを淹《い》れるための実験道具みたいな器具が置いてある。

と、男の人がゆるやかにこちらに近づいてきた。白いシャツに黒いベストをきちっと着て、腰《こし》には長い前掛《まえか》けエプロンをかっこよくつけており、白髪《しらが》まじりの髪《かみ》もぴしっと乱《みだ》れなくなでつけてある。

その人は、亜希にやさしくほほえみかけてきた。

「いらっしゃいませ。我《わ》がブックカフェにようこそ」

「ブックカフェ？」

「はい。ここは読書を楽しむことを目的としたカフェなのです。わたくしのことはマスターとお呼びください」

「マスター……」

「はい。ああ、そんなにかたくならずとも大丈夫《だいじょうぶ》です。わたくしが見たところ、あなたはここを必要とされているお客様。……コーヒーの香りが漂《ただよ》う中、本の世界は解《と》き放《はな》たれ、どこまでも広がっていく。その世界の中でなら、あるいは悩《なや》みや不安をときほぐすこともできましょう」

流れるようなマスターの言葉は、とても謎《なぞ》めいていた。だが、すてきだと、亜希は思った。意味はよくわからなくても、心が妙《みょう》に惹《ひ》きつけられる。

うっとりしている亜希の前で、マスターはすらすらと言葉を続けた。

「当店のシステムですが、まずはここにある本を一冊《さつ》、お選びいただきます。こちらがお出しするカフェラテのラテアートが消えるまでがお客様の持ち時間となります。お飲み物とお菓子《かし》のセットは、こちらでお客様にふさわしいものをお出しいたします。大人は五百円、子供《こども》は百円となっております」

「私《わたし》、お金持ってないんです……」

うつむきかける亜希に、マスターはまたほほえんだ。

「では、なにかいらない本をお持ちではありませんか？　その本を当店にゆずってくださるのであれば、代金はちょうだいしません」

「本……」

亜希は思わずあの呪《のろ》いの本を取りだした。

まるで大きな宝石《ほうせき》をさしだされたかのように、ぴかっと、それまで穏《おだ》やかだったマスターの目がきらめいた。

「これは……すばらしい！　じつによい本ですね！　これをゆずってくださると？」

「は、はい……」

この人に渡《わた》せば、もう自分は呪《のろ》いにかからない。呪いから逃《に》げたい。そのためだったら、赤の他人がどうなろうといいじゃないか。

一瞬《いっしゅん》だが、亜希はそう思った。

だが、マスターの嬉《うれ》しげな顔を見て、我《われ》に返った。自分のずるさにおののきながら、亜希はさっと本をマスターから遠ざけた。

「ご、ごめんなさい！　やっぱりだめです！　だって、これ、呪いの本なんです！　マスターに渡したら、マスターが呪われちゃいます！」

「ええ、それが呪いの本だということは、もちろん、わかっておりますとも」

「え？」

「だからこそ、わたくしはぜひともそれがほしいのです」

目をきらめかせながら、マスターは熱意をこめた声で言った。

「そういう本は大変貴重《きちょう》です。わたくしのような書物愛好家にとっては、普通《ふつう》ではない本というのは、それだけで大きな価値《かち》、魅力《みりょく》があるのです」

「で、でも、呪いが……」

「ああ、わたくしのことなら心配は無用です。大丈夫《だいじょうぶ》。呪《のろ》いはわたくしが引き受けます。ですから、ぜひとも！」

結局、亜希はマスターの熱意に押《お》し切《き》られるようにして、呪いの本を手放してしまった。

正直、ほっとはした。だが、やはり心がざわつく。

マスターは本当に大丈夫なのだろうか？　それに……本を手放したことで、麻衣花の言いつけを破《やぶ》ってしまった。明日、麻衣花はどれほど怒《おこ》るだろうか？

「どうしてあたしの言うとおりにしなかったのよ！　逆《さか》らうなんて、生意気！　許《ゆる》さない！」

猛《たけ》りくるう麻衣花の顔と叫《さけ》び声《ごえ》が頭に浮《う》かび、おなかの底がしんと冷えていく。

「お客様？」

マスターの呼《よ》びかけに、亜希ははっと顔をあげた。

いつのまにか、マスターは大きなお盆《ぼん》を手にして亜希の前に立っていた。

「お飲み物とお菓子《かし》のご用意ができました。お好きな本は見つかりましたか？」

ああ、そうだったと、亜希は目をぱちぱちさせた。マスターに、「今、お飲み物とお菓子を用意してきます。その間に、お好きな本を選んでください」と言われたんだっけ。麻衣花のことが気になって、それどころじゃなかった。

顔を赤くしながら、亜希はぼそぼそと言った。

「ご、ごめんなさい。……どの本を選んだらいいか、よくわからなくて」

「では、わたくしのおすすめはいかがです？　いまのお客様にぴったり合う本のはずですよ」

「じゃ、それにします」

「ありがとうございます。では、まずお席にご案内します。こちらへ」

マスターは空いていたテーブルに亜希を案内し、お盆《ぼん》から大きなカップと、お菓子《かし》がのった小皿をおろして、亜希の前に置いてくれた。

わあっと、亜希は手をたたきたくなった。カップには細かく泡立《あわだ》てた白いクリームがのっていて、そこには茶色で細かなイバラの模様《もよう》が描《えが》きだされていた。小皿にのっているのは、水《みず》饅頭《まんじゅう》だ。水を思わせるような皮を通して、ほんのりと淡《あわ》い桃色《ももいろ》のあんこが透《す》けて見える。

どちらもおしゃれで、しかもおいしそうだ。

「本日はほうじ茶ラテと、梅あんの水饅頭をご用意いたしました。そして、本ですが、こちらをどうぞ」

まるであらかじめ用意していたかのように、マスターはエプロンのポケットから小さな本を取りだした。黒いイバラ模様のついた、薄《うす》い本だった。

「あ、ありがとうございます」

「はい。では、くらくらするようなスリルのひとときをどうぞ」

そう言って、マスターはカウンターのほうへと戻《もど》っていった。

亜希はまず飲み物をいただくことにした。飲むのがもったいないようなラテアートだが、こうばしいほうじ茶の香りが鼻をくすぐってきて、がまんできない。イバラ模様《もよう》を崩《くず》さないように気をつけながら、そっと一口すすり、亜希は目を輝《かがや》かせた。

「おいしい！」

クリームは口当たりがふんわりと軽く、まるで粉雪《こなゆき》のようにはかない。だが、その下に隠《かく》れているほうじ茶ラテは、どっしりと甘《あま》く、香りも奥深《おくぶか》い。

たった一口で、この満足感。

すごいと感心しながら、亜希は水饅頭《みずまんじゅう》も食べてみることにした。これもおいしかった。つるつる、ぷるんとした食感は舌《した》の上で踊《おど》るよう。中の梅《うめ》あんも、あまずっぱくて上品だ。こちらは食べるのをとめられず、全部たいらげてしまった。

そうして甘い物を口にしたおかげで、亜希は一気にくつろいだ気持ちになった。

気をつけて飲んだから、ラテアートもそれほど崩さずにすんだ。あ、いや、さすがにちょっと崩れてしまったか。イバラ模様の真ん中あたりに、さっきまでなかった点が浮《う》きあがっている。まあ、これはしかたないだろう。

「そろそろ、本を読んでみようかな」

本当は早く家に帰って、麻衣花への言《い》い訳《わけ》を考えたほうがいい。いっそ、今夜から体の具合が悪いふりをして、明日、学校を休もうか。そうすれば、麻衣花は「呪《のろ》いのせいで亜希の具合が悪くなった。やりぃ！」と喜《よろこ》ぶかも。

そんなことが頭をちらりとかすめたが、亜希はこのまま本を読むことを選んだ。せっかくくつろいだ気分になっているのだから、これを長引かせたい。どうせ、すぐに読み終わってしまうだろう。とても薄《うす》い本だから。

そうして、開いた本の物語は、お葬式《そうしき》のシーンから始まっていた。

衝撃的《しょうげきてき》な始まり方に驚《おどろ》きながら、亜希はページをめくっていった。

一人の少女が亡《な》くなったのだとわかった。とても美しく、心やさしい子だったのに、突然《とつぜん》、花がしおれるように病気になり、そのまま命を落としたのだ。しかも、その魂《たましい》は天国に行けなかった。暗闇《くらやみ》の中、闇色のイバラに取《と》り囲《かこ》まれてしまったのである。

長い間、少女の魂は動けず、途方《とほう》に暮《く》れつづけた。

闇の中はひたすら暗く、ひたすら冷たかった。体はもうないというのに、骨《ほね》まで凍《こお》るような寒さに少女は苦しめられた。それに自分を囲むイバラのせいで、一歩も動けず、座《すわ》ることもできない。少しでも身動きすれば、たちまち体のどこかがトゲで傷《きず》つけられてしまう。

だが、闇《やみ》よりもイバラよりもつらかったのが、孤独《こどく》だった。

この孤独は凶悪《きょうあく》だった。少女の心をじわじわと塗《ぬ》りつぶし、記憶《きおく》すらも押《お》し流《なが》していくのだ。

愛する家族や友達が恋《こい》しいのに、しだいに、その顔や声を思いだせなくなってきている。お菓子《かし》の味や好きだったオルゴールの音色も、おぼろになっていくばかり。

自分が自分ではなくなっていくような恐怖《きょうふ》に、少女は泣いた。

と、暗闇の向こうから、少女のことを話す声が聞こえてきたのだ。

「あの子が死んでくれてよかった。いい子ぶってて、ずっと目障《めざわ》りだったのよ。みんなからかわいがられてさ。リチャードも、なんだかんだと、あの子のことばかりかまっていたし。ああ、せいせいした。本当に呪《のろ》いをかけてよかった」

いじわるい声に、少女は聞き覚えがあった。だが、相手の名前を思いだすことができなかった。

わかるのはただ一つ、自分が死んだのは今の声の主のせいだということ。

そして、もう一つ思い当たった。

自分がこうして闇の中に囚《とら》われているのは、魂《たましい》までもが呪われてしまったせいに違《ちが》いない。

ああ、つらい。悔《くや》しい。憎《にく》い。この呪いを相手に返したい。

名前だ。相手の名前さえ思いだせれば、ここを抜《ぬ》けだせる。相手のところに行ける。

名前名前名前!

目をぎらつかせながら、必死で思いだそうともがきつづける少女。

だが、頭はぼやけたまま。泥《どろ》をかきまわすようにして頭の中を探《さぐ》り、やっとのことですくいあげる記憶《きおく》は、ひどくいじめられたというものばかり。

硬《かた》いボールを何度もぶつけられた。

好きな子のことであざけられた。

ハンカチをひきやぶられた。

池に突《つ》き落《お》とされた。

よみがえってくる記憶によって、少女の憎《にく》しみはさらに燃《も》えあがっていくのに、いっこうに相手の名前だけはつきとめられない。

少女はもだえ、苦しみつづけた。

じっとりと暗い物語に、亜希はいつしか夢中《むちゅう》になっていた。読めば読むほど、少女をいじめていた犯人《はんにん》が麻衣花のイメージになっていく。

冷酷《れいこく》で、幼稚《ようち》で、人を人とも思わないひどいやつ。最後には呪《のろ》いまでかけてきた。許《ゆる》せない。

「早く、早く思いだして！　で、復讐《ふくしゅう》してやればいい！」

自分でもびっくりするほど激《はげ》しく思いながら、亜希は物語を読み進めていった。

物語が進むにつれて、少女はおかしくなっていった。憎《にく》い相手をつきとめられないことにいらだち、怒《いか》りに我《われ》を忘《わす》れだしたのだ。家族と友達を大事にしていたころの心は闇《やみ》の中に沈《しず》み、とげとげしく激《はげ》しい心が花を咲《さ》かせた。

もう誰《だれ》でもいい。この怒りと憎しみをぶつける相手さえいてくれればいい。

悪霊《あくりょう》へと変わってしまえば、暗闇もイバラも少女の友になってくれた。その場を動くことはできなくとも、暗闇のある場所に、少女はイバラを差しむけることができるようになった。

そうして、その場所を運悪く通りかかってしまった人間に、少女はイバラの棘《とげ》を打ちこんでは楽しむようになったのだ。

少女のひどい変わりように、亜希は心が痛《いた》んだ。

この子を助けたい。助けることができたら！

亜希の願いに応《こた》えるかのように、次のページで変化が起きた。

少女の元に、一人の少年がやってきたのだ。

不思議なほど澄《す》んだ目をしたその少年は、闇《やみ》の中にいる少女をまっすぐ見つめて言った。

「ぼく、君に呪《のろ》いをかけた犯人《はんにん》を知っているよ。ほかの人達《ひとたち》に悪さをしないって約束するなら、君が本当に望んでいることを教えてあげる」

その言葉に、少女は我《われ》に返った。

ああ、なんてばかなことをしていたんだろう。自分の目的は、憎《にく》い相手に呪いを返すことだったのに。

自分がしていたことを後悔《こうかい》しながら、少女は無関係な人に悪意は向けないと約束した。

すると、少年は一枚《まい》の紙を差しだしてきた。「君の望みはここに書いてあるよ」と。

少女は急いで紙を受けとり、のぞきこんだ。紙には……。


「あっ！」

亜希は思わず声をあげてしまった。

ページがそこで切れていたのだ。

どうやら最後のページは、誰《だれ》かが破《やぶ》りとったらしい。これからどうなるんだというところで、物語が読めなくなってしまったことに、亜希はがまんができなかった。

どうしてもつづきが知りたい！

亜希はすがるようにカウンターのほうを見た。コーヒーカップをふきんでふいていたマスターは、すぐに亜希の視線《しせん》に気づき、こちらにやってきた。

「どうなさいました？」

「あの！　この本の最後のページがなくて！」

「ああ、そうですね。そうでした」

「最後は？　この物語の最後って、どうなるんですか？」

「…………」

不思議なほほえみをたたえながら、マスターは一枚《まい》の紙とボールペンを差しだしてきた。

「こちらをどうぞ」

「え？」

「あなたの望む物語の結末を、この紙に書いて本にはさんでください。それでこの物語は完結します」

「物語……」

「はい。あなたが書く物語はあなただけのもの。あなたの望みとこの本の主人公の願いを同時に叶《かな》えることさえ、可能《かのう》なのです。あなたの望みは、さて、なんでしょう？」

よくお考えくださいと言って、マスターはまた離《はな》れていってしまった。もう呼《よ》んでも戻《もど》ってきてはくれない感じがした。

だが、十分だった。マスターはきちんとアドバイスをくれ、亜希はそれを理解《りかい》したのだ。

亜希はじっと紙を見た。

なにも書いていない白紙。ここにはどんなことも書ける。自分の望みを、少女の願いと重ねることだってできる。それはつまり……。

「ほんと、亜希って馬鹿だよねぇ。国語が得意《とくい》だからって、物語なんて、あんたに書けるわけない。そんなこと、ほんとにできると思ってんの？　あんたにはなにもできないってこと、まだわかんないわけ？」

ふいに頭の中に麻衣花の声が響《ひび》いた。

かっと、亜希の全身に熱いものがたぎった。

なんで私《わたし》が、麻衣花に苦しめられなくちゃいけないの？　麻衣花に対して、悪いことなんて一度もしたことないのに。なぜ、いつも馬鹿にされるの？　なんであの子の顔色をうかがって、びくびくしていなきゃいけないの？　ああ、いやだいやだ。麻衣花なんて大嫌《だいきら》い！　少しでも思い知らせてやりたい！

亜希はボールペンを持ち、夢中《むちゅう》で紙に書き始めた。自分がどうしたいのか、どういうことを望んでいたのか、いまならはっきりとわかった。それを書けばいい。

あふれでる気持ちを文字にたくし、ついに亜希は文章を書きあげた。

紙には名前があった。「伊佐原麻衣花《いさはら》」と書いてあったのだ。

とたん、少女は思いだした。

そうだ。この子だ。この子が私《わたし》に呪《のろ》いをかけたんだ。だから、返さなくては。呪いを返しに行こう。

少女は大喜《おおよろこ》びしながらイバラの中から飛びだしていった。

そして、あっという間に伊佐原麻衣花を見つけて、しっかりと捕《つか》まえたのだ。

いい終わり方だと、亜希は満足した。現実《げんじつ》では言い返すこともできない麻衣花に、一矢報《いっしむく》いた気分だ。

怨霊《おんりょう》となった少女が、本当に麻衣花のところに行ってくれればいいのに。麻衣花のことを、自分のかわりにこらしめてくれたらいいのに。

意地悪い喜びを感じながら、亜希は紙を本の最後にはさみこもうとした。

だが、亜希はふといやな気持ちになった。こんなどす黒い喜びを感じる自分を、みっともないと思ったのだ。

それに、麻衣花を捕《つか》まえたあと、少女はどうなる？　復讐《ふくしゅう》をとげたあとは、どうなってしまうのだろう？

「……これじゃ、だめだ」

暗闇《くらやみ》とイバラの中で苦しんできた少女にふさわしいのは、もっと別の結末だ。

じっくり考えたあと、亜希は最初に書いた文章をボールペンで全部消して、紙の裏側《うらがわ》に新たな文章を書いていった。そして、それを本の中にさしこみ、改めて読んでみた。

紙には絵が描《か》いてあった。小さなドアの絵だ。

これが私《わたし》の望み？

不思議に思いながら、少女は絵をなでてみた。

と、紙の上で、ドアがすうっと開いたのだ。

ドアの向こうはやさしい光に満ちていた。

とたん、少女は思いだした。

そうだ。本当はずっと光がほしかった。この暗闇もイバラもいやだった。だって、冷たくて痛《いた》くて苦しいから。

さみしかった。つらかった。それを感じないようにするために、呪《のろ》いをかけた人間をあんなにも憎《にく》んでいたのだと、少女はやっとわかった。

でも、もういい。自分にはこの光があればいい。この光がほしい。

そう願った瞬間《しゅんかん》、少女を捕《つか》まえていたものが消えた。

少女は大喜《おおよろこ》びしながら、光の中に入っていった。


ふうっと、亜希は息をついた。

なんだか大仕事をやりとげたような気分で、喉《のど》もからからだ。

本を閉《と》じ、亜希は半分ほど残っているほうじ茶ラテを飲もうとした。そして、はっとした。

いつのまにか、泡《あわ》に浮《う》かんでいる点が大きく複雑《ふくざつ》に広がっていた。いまや、にっこりと笑っている女の子の顔に見える。

光の中に入った少女？　いや、これはきっと自分の顔だ。

思わずほほえみ返したあと、亜希はラテをじっくりと味わいながら飲《の》み干《ほ》した。ほうじ茶の香り高さが体にしみわたって、心地《ここち》よかった。

と、「お時間です」と、いきなり声をかけられた。

いつのまにか、マスターがすぐ横に立ち、意味深な笑《え》みを浮かべながらこちらを見下ろしていた。

そうかと、亜希は悟《さと》った。ほうじ茶ラテはなくなり、本も読み終わった。このブックカフェでの自分の時間は、終わったのだ。

少し名残惜《なごりお》しさを感じつつ、亜希はマスターに本を返し、立ちあがってカフェの出口に向かった。

マスターは扉《とびら》のところまで見送りについてきてくれた。そして、亜希にそっとささやいたのだ。

「もし、自分の力ではどうにもならないことが起きましたら、またご来店ください。あなたのための本をまたご提供《ていきょう》しますから」

「私《わたし》のための、本?」

「はい。ですが……ああ、その必要はないかもしれませんね。あなたがよい結末を書いてくれたと、あの子がとても喜《よろこ》んでいますから。あなたにお礼をすると言っていますよ。なにしろ、ああいう結末を書いてくれるお客様は、そうはいませんからね」

「あの子?」

「そうそう。どうぞご心配なく。あの呪《のろ》いの本も、ちゃんと有効《ゆうこう》活用させていただきます。ちょうど、あなたがさきほど読んだ本と同じようにね」

にこっと笑ったマスターの顔は、なんだかぞくりとするものがあった。だから、亜希は急いで「さよなら」と言って、逃《に》げるようにカフェを飛びだしたのだ。

すると、たちまちよく見知っている通りに出た。ふり返っても、あの堂々《どうどう》たる蔵《くら》はもはや見当たらない。

狐《きつね》につままれたような心地《ここち》になりながらも、亜希はとりあえず家に帰ることにした。


翌日《よくじつ》、亜希は重たい足取りで学校に行った。

呪《のろ》いの本を読まずに手放したと報告《ほうこく》したら、麻衣花はどんなふうに怒《おこ》るだろう？　どんなひどい罰《ばつ》を与《あた》えてくるだろう？　考えるだけで胃《い》がきりきりした。

だが、いやいや教室に入ってみれば、麻衣花はまだ来ていなかった。そのままチャイムが鳴っても姿《すがた》を現《あらわ》さず、亜希は首をかしげた。

理由はやがてわかった。ホームルームで、麻衣花が今日は休みだと、担任《たんにん》から聞かされたのだ。

今日はひとまず助かったらしいと、亜希はほっとした。同時に、不思議に思った。

なぜ麻衣花は休んだのだろう？　昨日は元気だったのに、もしかして怪我《けが》でもしたのだろうか？　だったら、申《もう》し訳《わけ》ないけど、その怪我がうんと長引いてくれればいい。

いやな願いごとだとわかってはいたが、望まずにはいられなかった。

そして、亜希の望みは叶《かな》った。そのままずっと、麻衣花は学校に来なくなったのである。

お見舞《みま》いに行った麻衣花の友人たちの話によると、麻衣花はふとんにくるまり、部屋に閉《と》じこもって震《ふる》えているそうだ。

「部屋から出ると、黒い幽霊《ゆうれい》があたしのことを捕《つか》まえに来るの！　あたしのこと、許《ゆる》さないって、す、すごく怖《こわ》い顔で睨《にら》んでくるのよ！」

そんな幽霊はどこにも見当たらないというのに、ひたすら麻衣花はおびえていて、部屋の外に出られないという。

その話を聞いたとき、亜希はすとんと謎《なぞ》が解《と》けた気がした。

まちがいない。麻衣花が見ている黒い幽霊とは、本の中に登場した少女のことだ。亜希のために、麻衣花を怖がらせてくれているに違《ちが》いない。

カフェのマスターが、「あの子がお礼をする」と言っていたが、それはこういうことだったのか。

では、もし、麻衣花がひどい目にあう結末を亜希が本にさしこんでいたら、いったい、どんなことが起きていただろう？

じわっと、亜希は冷《ひ》や汗《あせ》がにじむのを感じた。

もっと悪いことが麻衣花に起きていればよかったのに。もう一度あのブックカフェに行って、怨霊《おんりょう》となった少女を麻衣花に差しむけてみようか。

瞬間的《しゅんかんてき》にそんなどす黒い考えが心に浮《う》かび、そのことにおののいたのだ。

あのブックカフェに行ったことで、あの本を読んだことで、自分の中の何かが変わってしまった気がする。まるで魔法《まほう》をかけられたみたいだ。

それとも、これは呪《のろ》い、なのだろうか？

考えているうちに、どんどん怖《こわ》くなっていった。

だから、亜希は誓《ちか》ったのだ。

二度とあのブックカフェには行くまいと……。

張《は》り子《こ》のトラオ

濱野京子

二学期の始業式の日。

廊下《ろうか》の角から飛び出してきた男子が、勢《いきお》い余《あま》って虎生《とらお》にぶつかりそうになった。

「あ！　倉橋《くらはし》くん……ごめん」

その子は一歩後じさり、身を縮《ちぢ》めてうつむいた。

「……あの、廊下は、走らないほうが、いいよ」

虎生が遠慮《えんりょ》がちに言うと、相手は、

「そ、そうだね」

とつぶやいて、そそくさと教室に入っていった。その背中《せなか》を見つめて、ふーっとため息をつく。そんなに怖《こわ》がらなくたっていいのに。

虎生は、二か月前、七月初めという中途半端《ちゅうとはんぱ》な時期に、転校してきたばかりだ。

転校初日、教室の前に立って自己紹介《じこしょうかい》をしたときのこと。

「倉橋虎生です。よろしくお願いします。趣味《しゅみ》は読……」

虎生が「読書」と口にするより先に、だれかがつぶやいた。

「……寅和尚《とらおしょう》だ」

教室内がざわめいた。

虎生は、六年生にしては背《せ》が高く、横幅《よこはば》もある。それに、この町に越《こ》してきた日に、思い切って髪《かみ》を短く刈《か》り込《こ》んだ。新たな気持ちで暮《く》らしたかったからだ。

ところが、その結果、虎生の風貌《ふうぼう》は、最近出版《しゅっぱん》された『魔道士《まどうし》ワンジー』というコミックに登場する、寅和尚というキャラにそっくりになってしまったらしい。虎生はそんなコミックのことなんて、まったく知らなかった。それで、ネットの試《ため》し読《よ》みで、コミックの最初の部分だけ読んでみた。

思わず、「ウソだろ」とつぶやく。マジ、似《に》ていた。しかも、名前までトラかぶりではないか。もしも、こんなコミックがあると知っていたら、髪を切ったりしなかったのに。

この寅和尚というのは、主人公ワンジーの師匠《ししょう》で、ガタイがよく怪力《かいりき》の持ち主で、メッチャ厳《きび》しい、というか怒《おこ》ってばかりの人だ。しかも、けんかっ早いときてる。

虎生の性格《せいかく》は寅和尚とは真逆《まぎゃく》だ。気が小さくてけんかなんか大嫌《だいきら》いだった。それなのに、見た目が寅和尚に似ているというだけで、怖《おそ》れられてしまうとは。クラスだけではない。ころんだ低学年の子を助けようとして声をかけたら、虎生を見上げたその子は、泣きそうな顔で逃《に》げ出《だ》してしまった。

そうして、友だちどころか、虎生に声をかけてくれるクラスメイトがほとんどいないまま、すぐに夏休みに入ってしまった。

退屈《たいくつ》な夏休みだった。慣《な》れない土地で、いっしょに遊ぶ子だって一人もいないのだ。

父さんも母さんも、心配そうに虎生のことを見ているのを感じて、よけいに落《お》ち込《こ》む。特に父さんは、小学校を卒業するまであと一年もないのに、自分の仕事の都合で転校するはめになった虎生に対して、負い目を感じているみたいだった。

本心を言えば、虎生は転校することがいやではなかった。いや、むしろありがたいとさえ思っていた。なぜなら、こっちの学校では、前の学校で虎生がどんなふうだったかを、だれも知らないのだから。新しい友だちだってできるかもしれないと、期待もしていた。

それなのに、寅和尚みたいなごつくて乱暴《らんぼう》なキャラに似《に》てると言われて、敬遠《けいえん》されるとは。

二学期の授業《じゅぎょう》が始まって数日たった。昼休みに、虎生は図書室に行くことにした。転校してから初めてのことだった。友だちはできないままだけど、図書室に行って本を読んでいればいいと思ったのだ。

虎生は本が大好きだった。だけど、寅和尚に似た虎生が本好きだなんて、クラスの子たちは信じてくれないだろうな、と自分でツッコんでため息をつく。

図書室に入った虎生が、書棚《しょだな》を見ながら中をゆっくり歩いていると、

「あっ！」

と、小さく叫《さけ》ぶような声がした。びくっとして振《ふ》り向《む》くと、床《ゆか》に本が一冊《さつ》、開いた形で落ちていた。その先にはメガネをかけた小柄《こがら》な女の子が踏《ふ》み台《だい》に乗っていた。上の方の棚から本を取ろうとして、落としてしまったようだ。

虎生は本を拾うと、慌《あわ》てて踏み台から降《お》りてきた女子に、開いたままの状態《じょうたい》で渡《わた》した。

「ありがとう。ページが折れなくてよかった」

顔に見覚えがあった。たしか、同じクラスの子だ。でも名前はわからない。だから黙《だま》っていると、その子は本を見て、

「いいな」

と言った。

「え？」

「開いたページ。117ページだから、い・い・な。倉橋くん、いいこと、あるかも」

語呂合《ごろあ》わせ？　ばかばかしい、と思った虎生だけど、クラスの子がふつうに話しかけてくれたことはうれしかった。

「あたし、数字の語呂合わせが好きなの。あと、ぱっと目に入った数字で占《うらな》ったり」

「占《うらな》う?」

「うん。それで、今は、ちょっとだけ残念な気持ち」

「……残念って?」

「倉橋くんが、おしいなって。数字にすると、0417」

ゼロはオーと読ませれば、なるほど、「おしいな」は0417となる。でも、虎生の何がおしいのだろう。見た目が怖《こわ》そうでザンネンだとか? と思いながらおずおずと聞く。

「おしいって?」

「だって、『く』は9、『は』は8、『し』は4。『ら』だけは数字にできない。『ら』が数字にできたら、苗字《みょうじ》が数字に置《お》き換《か》えられたのに。そしたらいっしょだなって。あたしは、作井《さくい》で391だもの。名前が実那《みな》だから、苗字だけじゃなくて、フルネームを数字で表せるんだよ」

なるほど、39137か、と頭で数字に置き換えながら、そういえば、クラスにそんな名前の子がいたな、と思った。

「倉橋くん、本が好きなの?」

「あ、うん」

「あたしも本が好き。だけど、そう言うと、暗い子みたいに思われちゃうときもあるんだよね」

実那はにっこり笑った。その笑顔《えがお》に、思わずドキッとした。なんか、感じいい。でも、うまく言葉を返せないでいると、また実那に聞かれた。

「倉橋くんは、どんな本が好きなの？」

「物語とか、あと……生物の本、とか」

好きなのは植物……花の図鑑《ずかん》なのだが、男子のくせにと思われそうで、生物と言った。でも、本当は動物のほうは苦手だった。

「あたしは、不思議なお話が好き」

「不思議な？　怖《こわ》い話とか？」

「怖いのは、あんまり。それより、魔女《まじょ》とか占《うらな》い師《し》が出てくるファンタジーとか、かな」

「そうなんだ」

虎生も、怖い話は苦手なので、ちょっとうれしかった。

「怖い話といえばね、町のはずれに……場所はちゃんとは知らないんだけど、黒い幽霊《ゆうれい》が出るってうわさの家があるんだよ。そこに住んでた女の子が、呪《のろ》われたらしい」

幽霊と聞いて、ぞわっと寒気がした。幽霊なんて、まさか、とは思ったが、やっぱりそんな場所には近づきたくない。

「知ってる子？」

「ううん。その女の子の怨念《おんねん》も黒い幽霊《ゆうれい》が取り込んだってうわさだけど、ただのうわさだよ。呪《のろ》いとか怨念とかって、お話の中だけだから。じゃあ、またね」

実那は、またにっこり笑って、本を手にしたまま、カウンターの方に歩いていった。

またね……。なんと素敵《すてき》な言葉だろう。その言葉を自分でもつぶやくと、自然と笑《え》みがこぼれた。こんなふうに、同じクラスの子と話したのは初めてだったから。

次の日から、虎生は毎日のように図書室に行った。でも、実那と会うことはなかった。実那にはクラスに仲のいい子が何人かいて、昼休みは、たいてい外で遊んでいる。読書好きとはいっても、外遊びが嫌《きら》いなわけではなさそうだ。

実那と本の話をしてみたい。けれど、教室で話しかけたりする勇気はなかった。

それから何日かたった日の昼休み。ふと教室を見まわすと、実那がいなかった。雨だから、外で遊んでいるはずもない。それに、実那と仲よしの友だちは教室にいる。ということは……。もしかしたら、図書室かもしれない、と思って、虎生は図書室へと急いだ。

予想はあたった。実那は、図書室の隅《すみ》の方で本を読んでいたのだ。

虎生は、実那に近づくと、おずおずと声をかけた。

「あの……」

「あ、倉橋くん。なーに？」

「あ、その……何、読んでるのかなって思って」

実那は本を閉《と》じて表紙を見せてくれた。白や薄紅《うすべに》の花の中に、男の子が後ろ向きで立っている。淡《あわ》い感じのきれいな表紙で、タイトルは『花と少年』とあった。聞いたことのない本だ。

「どんな話？」

「お花が好きな男の子が冒険《ぼうけん》する話だよ」

そのとたん、虎生は胸《むね》がドキッとした。植物図鑑《ずかん》をずっと眺《なが》めていても飽《あ》きないくらい、花が好きな虎生だが、そのことをだれかに話したことはない。

「……面白《おもしろ》そうな本だね」

「倉橋くん、お花、好き？」

一瞬《いっしゅん》、どう答えるか迷《まよ》った。寅和尚みたいな自分が、花好きなんて、変に思われるかもしれない。でも、実那にウソをつきたくはなかった。

「……うん。割《わり》と。変かな、男子なのに」

「そんなことないよ。好きなことに、女子だとか男子だとか、関係ないと思うよ」

虎生はつい、実那をじっと見つめてしまった。やっぱり感じがいい。

「それ、図書室の本？」

「ううん」

「じゃあ、作井さんの？」

「今はね。でも……」

「でも？」

「もしかして、読みたいの？」

「うん。読んでみたい」

「そっか……でも、貸《か》してあげることはできないんだ。ごめんね」

「……あ、べつに……」

友だちってわけじゃないから、当然だ。借りるなんてずうずうしすぎる。

「倉橋くん、ブックカフェって知ってる？　カフェなんだけど本屋さんでもあるの。お茶を飲みながら、本が読める場所」

「聞いたこと、あるかも。行ったことはないけど」

「あのね。あたしがときどき行くブックカフェがあるんだ。そこ、蔵《くら》なんだよ。白い壁《かべ》で瓦屋《かわらや》根《ね》のレトロな感じの建物なの」

「この町に、そんなお店があるんだ」

「そこのマスターに言われたんだ。この『花と少年』を次に読みたがっている人がいるようですって。だからね、この本は、蔵《くら》カフェに持っていく約束をしちゃったの。つまり、あたしのあとに読む人が決まっているから、貸《か》せないんだ」

実那の言うことは、いまいちよくわからなかったけれど、貸したくないからじゃないみたいだ。そのことがうれしかった。もちろん、理由を話してくれたことも。それで、思い切って聞いてみた。

「蔵カフェに持っていくって、どういうこと?」

「そのお店はね、飲み物とスイーツが、子どもは百円なの。だけど、本を一冊渡《さつわた》すと、ただなんだよ」

「面白《おもしろ》そうな場所だね」

「面白いっていうか、なんというか不思議なところ。そこに行ってること、ほかの友だちには話してないんだ。けど、倉橋くんは、あの蔵カフェを気に入ってくれるような気がしたから」

「……子どももけっこう来るの?」

「来るよ。子ども料金があるくらいだもの。クラスの子とは会ったことないけどね。あたしね、マイカップ、置いているんだよ」

「そんなによく行くの?」

「うん。毎週土曜日に、ピアノのレッスンのあとに寄《よ》ることにしているの。マスターとだって、仲よしなんだ。そうだ、倉橋くん、この本読みたいなら、カフェに来ればいいよ。マスターが言ってた、本を読みたいという人が取りに来る前に、お店で読むのなら、マスターもいいって言うと思うよ」

それができればうれしい。虎生は少し考えてから、

「194」

と言ってみた。「行くよ」と言ったつもりだ。実那はすぐにその意味を理解《りかい》して、にっこり笑った。実那は、ポケットからメモ帳を取り出して一枚破《まいやぶ》くと、ささっと地図を描《か》いて虎生に渡《わた》した。

「あとね、そのお店には猫《ねこ》がいるんだよ。あたし、猫とも仲よしなの」

「……猫？」

「うん。かわいいよ。たいてい、入り口の前で出迎《でむか》えてくれるの」

「……そっか」

どうしよう。動物が苦手で、特に、猫が大の苦手だったのだ。

「じゃあ、土曜日にね。あたし、二時に着くから」

虎生は、複雑《ふくざつ》な思いで、実那の背中《せなか》を見送った。

行きたい。でも、猫がいる。

思い出したくない記憶《きおく》がよみがえってきて、口の中が苦くなった。

あれは、もうすぐハロウィーンという時期だったから、一年近く前のことになる。前の学校の同級生たちと公園で遊んでいたとき、茂《しげ》みから、急に大きな猫《ねこ》が飛び出してきて、虎生の方に突進《とっしん》してきたのだ。全身に縞模様《しまもよう》のあるキジ猫だった。

「わあっ！」

と叫《さけ》んで、虎生は後じさりしたけれど、思わずよろけて尻餅《しりもち》をついてしまった。猫は、すぐに走り去って茂みの奥《おく》に消えていたが、友だちからは、あきれたように、

「何だよ、ただの猫じゃん」

と、言われてしまった。そのとき、虎生の顔は、青ざめてひきつっていた。

「まさかだけど、虎生、猫苦手？　っていうか怖《こわ》がってる？　マジかよ。手が震《ふる》えてるじゃん」

からかうように言われると、ほかの子たちも、へらへらと笑い出した。

「おまえ、虎生だろ？　虎《とら》が猫にビビってどうすんだよ」

「笑えるよな。張《は》り子《こ》の虎じゃね？」

虎生が猫を苦手なのは、理由がある。小さい頃《ころ》、田舎《いなか》に行ったときに猫にひっかかれて、猫

ひっかき病という病気にかかってしまったことがあった。脇の下《わきした》がはれて、何日も熱が続いて吐き気《はけ》もひどかった。それからというもの、猫《ねこ》を見ると、ひっかかれたときのことがよみがえってしまうのだ。

その日から、虎生は、張り子《はこ》のトラオと言われてからかわれるようになった。もともと口下手だった虎生は、ますます口が重くなってしまった。

こっちの学校に転校してきてから、からかわれることはなくなった。それなのに、見た目が寅和尚に似《に》てるということで、怖《おそ》れられるようになってしまうとは。からかわれるよりはマシかもしれないけれど。

ブックカフェには行ってみたい。実那ともっと仲よくなれそうなのだ。でも、猫がいる。もしも実那に、猫を怖《こわ》がっていることを知られたら……。きっと、あきれられるにちがいない。

土曜日が来た。

虎生は、朝からずっと迷《まよ》っていた。行くべきか、やめるべきか。さんざん迷ってから、虎生はようやく決心した。

行ってみよう。『花と少年』を読みたい。それ以上に、実那とおしゃべりしたい。実那はたいてい猫が出迎《でむか》えてくれると言っていた。「たいてい」は「必ず」ではない。運がよければ、今日は猫《ねこ》がいないかもしれない。

お昼ご飯を食べた虎生は、母さんに、

「友だちと遊んでくる」

と告《つ》げた。母さんの顔が、ぱっと明るくなった。

「あら、友だちできたのね。よかった」

本当はまだ友だちとは言えないかもしれない。それに、どんな子？　って聞かれたらどうしよう。女の子だと話したら、あれこれ質問《しつもん》されてしまうかもしれない。でも、母さんは、ただにこにこ笑うだけで、何も言わなかった。

虎生は、一時過《す》ぎに家を出た。外はよく晴れていて、秋らしい日だった。

地図を見ながら歩いていくと、それらしき建物が見えてきた。白ぬりの壁《かべ》、どっしりとした黒い屋根瓦《やねがわら》で、ふつうの家とは様子が違《ちが》っている。きっとあれにちがいない。木製《もくせい》の扉《とびら》のそばに、ケイトウやポットマムを寄《よ》せ植《う》えにしたプランターが見えた。

そして、猫の姿《すがた》はなかった。

よかった！　カフェに入れそうだ！

ところが、カフェまであと数メートルぐらいになったとき、急に、ニャーと鳴く声がしたのだ。

「ひっ！」

と後じさりしてあたりを見ると、ふいに建物の陰《かげ》から黒い猫《ねこ》が現《あらわ》れた。そいつは、ニャァーと長く鳴いて、虎生にゆっくり近づいてきた。虎生は、身を翻《ひるがえ》して来た道を走って逃《に》げた。

けれど猫は追いかけてくる。

「ひゃー！　なんでぼくを追いかけてくるんだよ！」

慌《あわ》てて角を曲がる。それでも猫の鳴き声はやまない。少しして振《ふ》り返《かえ》ると、やっぱり追いかけてくる。ぐるぐる走り回って、何度も角を曲がっているうちに、虎生は、自分がどこを走っているのか、すっかりわからなくなってしまった。

そして……。

ふと気がつくと、虎生は、蔵《くら》カフェのすぐ前に立っていたのだった。しかも、黒い猫の姿《すがた》は、いつの間にか消えていた。

おずおずと扉《とびら》に近づいて手を伸《の》ばすと、扉がすーっと開いた。自動ドア？　古めかしい建物の重そうな扉なのに……。

中から漂《ただよ》ってくるのは、コーヒーのふくよかな香り。虎生は、一歩足を踏《ふ》み入《い》れた。少し空気がひんやりしている。

すぐに、奥《おく》の方から声がかかった。

「いらっしゃいませ」

低いけれど柔《やわ》らかな声だった。声の方に目を向けると、白いシャツに黒いベストを身につけたおじさんが、優《やさ》しそうな笑顔《えがお》で虎生を見ている。マスターって、実那が言っていた人だろうか。なるほど、長い前掛《まえか》けエプロンがよく似合《にあ》っている。

「我《わ》がブックカフェにようこそ。どうぞお茶を召《め》し上《あ》がりながら、ゆっくりと読書をお楽しみください」

と言われて、虎生は改めて店内を見まわす。たしかに、壁一面《かべいちめん》に本がぎっしりと詰《つ》まっていた。

「うわあ、すごい。本だらけだ……」

虎生は、すぐにこの店が好きになった。

フロアには、二人がけのテーブルがいくつかあって、何人かが静かに本を読んでいた。一人で来ている人が多いようだ。ブックカフェだから、デートとか、友だちとおしゃべりに来るというより、本を読みに来るのだろうか。中には、虎生と同じ年ぐらいの子もいて、ちょっとほっとした。

柱にかけてある時計の針《はり》は、一時半を指していた。実那との約束まではまだ三十分あった。

「あの……」

「お子さまは、百円です」

「その……」

「どうぞ、ゆっくりお話しください」

「ぼく、友だちと、待ち合わせているんです。……注文するのは、友だちが来てからでいいですか」

「承知《しょうち》しました。それでは、棚《たな》の本をご覧《らん》になりながら、お友だちをお待ちください」

「いいんですか？」

「もちろんですとも。会うと約束した人を待つというのは、素敵《すてき》な時間です。出会えたときの格別《かくべつ》の喜《よろこ》びのために、まだかまだかと待ち焦《こ》がれるときもまた、大いなる喜び。ではどうぞ、くらくらするほどの待ち時間を体験なさってください」

注文もしないでいるのは悪い気がして、虎生は椅子《いす》に座《すわ》らずに、立ったまま、書棚の前を行ったり来たりした。

実にいろんな本がある。虎生には手が出せないような難《むずか》しそうな本もあれば、絵本もあるし、コミックもある。百科事典も図鑑《ずかん》もある。本の背表紙《せびょうし》を見ているだけで、虎生はわくわくしてきた。

ふと目に留《と》まった本があって、思わず引《ひ》き抜《ぬ》いた。

黒い表紙の古い本で、タイトルは削《けず》り取《と》られたかのように文字が薄《うす》れていた。

「あ、お客さま。その本は、あなたは開かないほうがいいですよ」

マスターにそう言われて、虎生は慌《あわ》てて棚《たな》にもどした。

「すみません」

「あやまる必要はありませんよ。でも、この本は、人によっては読んだら後悔《こうかい》することになる本なのです。君子《くんし》危《あや》うきに近寄《ちかよ》らずとも言いますからね。あなたが素直《すなお》な人でよかったです」

読んで後悔？　そんな本あるのだろうか。読むと呪《のろ》われるとか。そう言われると、さっきの本が不気味に思えてきて、虎生はその棚から急いで離《はな》れた。開かなくてよかった。

ただ、素直な人、なんて言われたのが少しひっかかる。ほめてくれたのだろうけれど、自分では、素直というよりは臆病《おくびょう》なだけのような気がする。君子がどうのという言葉は、よく意味がわからなかったが、要するに、自分は意気地《いくじ》なしなんだ、と虎生は思ってしまった。

次に虎生が手を伸《の》ばしたのは、『魔道士ワンジー』だった。

「こういう本も置いてるんだ……」

寅和尚に似《に》ていると言われたあとで、ネットで少しだけ試《ため》し読《よ》みしていやになってからは、二度と読むものかと思っていた。でも、なぜか手が伸びて、二冊並《さつなら》んでいるうちの一巻目《かんめ》を取り出した。そして、立ったまま読み始めた。しばらくすると、マスターが、

「空いてる椅子《いす》に座《すわ》っていいですよ」

と言ってくれたので、お礼を言って、隅《すみ》っこの椅子に座った。

魔道士修行《まどうししゅぎょう》をするワンジーの冒険《ぼうけん》は、思ったより面白《おもしろ》かった。寅和尚も、怖《こわ》いだけで感じ悪いヤツだと思ったけれど、二巻目《かんめ》になると、ワンジーのことをすごく大切に思っていることがわかってきた。言っていることも、だいたいはまっとうだった。それだけじゃない。寅和尚は、いつも部屋にバラやユリの花を飾《かざ》っている。つまり、お花が好きなのだ！

二巻目を読み終える頃《ころ》には、虎生はすっかり寅和尚のことを好きになっていた。

虎生のことを怖がったクラスの子だって、『魔道士ワンジー』をちゃんと読んでいるなら、寅和尚がいいヤツだってわかるはず。だいたい、見かけで怖がるなんて、ばかげている。見かけで怖がられるなんて、もっとばかげている。

だから、今度なんか言われたら、話しかけてみようか。――ぼく、寅和尚みたいに怖くないよ。でも、寅和尚と同じで、お花、好きなんだ、なんて……。

ふと我《われ》に返って柱にかかっている時計を見た。二時十八分。実那との約束の時間を二十分近く過《す》ぎている。

虎生は、おそるおそるマスターに声をかけた。

「あの、友だちが……」

「ああ、まだいらっしゃらないようですね。約束の時間を過《す》ぎたのですか？」

「二時に約束したんです。ピアノのレッスンのあとに行くからって……」

「ひょっとして、お友だちというのは、作井実那さんですか？」

「はい、そうです！」

マスターの眉《まゆ》が寄《よ》った。

「実那さんは、時間を守るタイプなのに、どうしたんでしょうね」

なぜだかいやな予感がした。何かトラブルに巻《ま》き込《こ》まれたのだろうか。虎生が心配そうな顔を向けると、マスターは、ふーっと息を吐《は》いてから言った。

「ちょっと、実那さんのマイカップで占《うらな》ってみましょう。もしかしたら、実那さんの居場所《いばしょ》の手がかりが見つかるかもしれません」

マスターは、グラスやカップがたくさん並《なら》んでいる棚《たな》から、一つのカップを取り出した。それは、茶トラの猫《ねこ》のイラストが描《えが》かれたマグカップだった。どうやら実那は、猫が好きみたいだ。

「実那さんのマイカップで、実那さんの好きなキャラメルラテを作りますので、少しお待ちください」

マスターがキャラメルラテを作る様子を、虎生はじっと見ていた。ミルクピッチャーを持ったマスターがカップにミルクを注いでいく。これは、ラテアートってヤツだ。カフェラテとかに、ミルクで葉っぱやハートなんかの絵を描《か》くのだ。

でも、さっき、マスターは占《うらな》いと言った。どういうことだろう。

マスターがカウンターにカップを置いた。そこには、シンプルなハート模様《もよう》が描《えが》かれていた。

「ふつうは、こうして描いた絵が、飲まない限《かぎ》りしばらく残ります。でも、これは、だんだん変化していきますので、じっと見ていてください」

こくんとうなずいて、虎生はカップの模様を見続けた。すると、本当に少しずつ白い部分が動き始めたのだ。

と、そのとき。いきなり、扉《とびら》が開いて、

「マスター、虎徹《こてつ》知らない？」

という声が響《ひび》いた。入ってきたのは、真っ黒い服を着た、髪《かみ》の長い女の人だった。髪もカラスのように真っ黒だった。

「虎徹？　今日は、まだ見てませんよ」

「どこにもいないって、白雪《しらゆき》が心配しているんだけど……」

「白雪はどうしたんです？」

「虎徹のこと、あちこち捜《さが》しまわってる。で、マスターは何してるの？」

その人は、初めて気がついた、というふうに、虎生を見た。

「実は、こちらのお客さまが、実那さんとここで待ち合わせたそうなんですが、実那さんが、まだいらっしゃらないので、占《うらな》ってみようと思いまして」

「実那が？　いつも二時ぴったりに来るのに……」

女の人も実那のことを知っているのか、心配そうにカップをのぞき込《こ》んだ。

マスターが描《えが》いたハートの絵は、もはやすっかり形がくずれていた。それは何だか生き物みたいで、虎生はドキドキしながらカップを見つめていた。それから少しして、動きが止まった。

「何これ？　数字みたい」

女の人が眉《まゆ》を寄《よ》せた。現《あらわ》れたのはいくつかの数字だった。

5533987
「実那さんは、数字で占うのが好きなんですよ」

マスターの言葉に、虎生はうなずいた。知ってる。ぱっと目に入った数字で占うと言っていた。だけど、この七桁《けた》の数字は、何を表しているんだろう。

「5533987って、どういう意味かな」

女の人がつぶやいた。

この数字には意味があるとしたら……。虎生は眉《まゆ》を寄《よ》せて、カップの数字を見つめる。

55……ゴーゴー。行け行け？　違《ちが》う、ごご……午後？　もし、午後ならあとは時間だろうか。午後3時39分？　ずいぶん半端《はんぱ》な時間だけど、その時間になったら、とんでもないことが起こる？　まさか……。

一人で考えるより、ほかの人の知恵《ちえ》を借りよう。そう思って、虎生は思い切って言ってみた。

「あの、ぼく、思うんですけど、数字が言葉になるんじゃないかって……」

「それは、いい着眼点《ちゃくがんてん》ですね。黒姫《くろひめ》は、どう思いますか？」

とマスターが女の人に聞いた。どうやら、この人は黒姫という名前らしい。

「そっか、語呂合《ごろあ》わせみたいなヤツってこと？」

黒姫が首をかしげた。

「あの、ぼく、最初、時間なのかな、って」

「なるほど」

と、二人がうなずいた。

「でも午後3時39分って、半端だし、87が何を意味しているのかわからないし」

「全部の数字が時間を表しているわけではないのかもしれませんね」

マスターが言うと、すぐに黒姫が続けた。

「もしかして、39は、ありがとうってこと？」

なるほど、そうともとれるけれど、それだとよけい意味がわからない。虎生は、数字を見つめながら、ぼそっとつぶやいた。

「39は作井さんのことかも」

「けれど、それなら、391になりそうですね」

とマスター。たしかに。ふと、39は「咲《さ》く」かも、と思った。だとしたら……。

「3987は、咲く花、とも読めそうです」

「咲く花って何かしら」

黒姫が、そう言ってまた首をかしげる。

「さっき、マスターが、居場所《いばしょ》の手がかりって、言いましたよね」

「はい。実那さんのカップで占《うらな》いましたからね」

「つまり、作井さんは、花が咲いているところにいるのかも」

虎生は二人に言ってみた。

「けど、花なんて、どこにだって咲いてるでしょ。それに553とどうつながるの？」

黒姫の言葉に、虎生はまた考《かんが》え込《こ》む。

５５３３９８７《ゴゴサンサクハナ》

午後三時に咲《さ》く花、と、何度かつぶやいているうちに、はっと気づいた。それ、知ってる。前に図鑑《ずかん》で見た。三時草《さんじそう》だ！

「ハゼランです！　きっと。ハゼランが咲いてる場所」

「ハゼラン？　それ、どんな花？」

「午後三時頃《ごろ》に咲くので、別名、三時草っていうんです。小さな花で……」

説明しかけたけれど、うまく伝えられる自信がなかった。そうだ！　ここにはたくさん本がある。

「あの、マスター、植物図鑑はありますか？」

「もちろんありますよ」

虎生は、マスターが指さした棚《たな》の方に、早足で歩いていった。急いで引《ひ》っ張《ぱ》り出《だ》すと、ハゼランのページを探《さが》した。

「あった！」

虎生は、ページを開いたまま、植物図鑑を二人に見せた。

「これが、ハゼランですか。なかなかかわいらしい花だ。本当に午後に咲くんですねえ」

「あたし、知ってる！　この花が咲《さ》いてるとこ」

「ほんとですか？」

「うん。割《わり》と庭の広い家で、この花がたくさん咲いてた。だけど、その家、少し前から空き家になってて……」

「何かあるんですか？」

「黒い幽霊《ゆうれい》が出るってうわさ、聞いたんだよね」

「ゆ、ゆうれい……」

まさか。幽霊なんているはずない、と頭ではそう思っても、ぞわっと寒気がした。そういえば、前に実那から黒い幽霊のうわさを聞いた。女の子が呪《のろ》われたという話だ。呪いという言葉がなんとも禍々《まがまが》しい。そんな場所にはぜったい近づきたくない、と思った。だけど……。もしも、そんな呪いが、実那に降《ふ》りかかったのだとしたら？

「黒姫さん、場所、教えてください」

虎生はきっぱりと言った。

「わかった、ついてきて」

黒姫は走るように店から飛び出した。

虎生は慌《あわ》ててあとを追って外に出た。ところが、扉《とびら》の外にはだれもいなかった。

ぽかんとしていると、半分開いた扉からマスターが顔だけ出して、

「あの黒い猫《ねこ》を追いかけていきなさい」

と言った。言われて道の先を見ると、さっき、虎生を追い回した黒猫が、手招《てまね》きするように前足を動かして、ニャーと鳴いた。

大の苦手な猫のあとをついていくなんて、と思ったが、今はそんなことを言ってられない。実那のことを一番に考えなくては。

先を行く黒猫は、虎生がついてくるのを確認《かくにん》するように、ときどき振《ふ》り返《かえ》る。虎生は、少し距離《きょり》を取りながら黒猫のあとを追った。

何度か角を曲がるうちに、家がまばらになった。やがて、ぽつんと立つ二階建ての家が見えてきた。人通りもなく、何だか寂《さび》しげな場所だった。黒猫が、ここだ、というふうにニャーと鳴いた。

空き家だというが、人が住んでいたのはそんなに前のことではないようで、一見したところ、それほど荒《あ》れた感じはなく、ふつうの家に見えた。そしてたしかに、門の脇《わき》にはハゼランがたくさん咲《さ》いていた。

この家のどこかに、実那がいるのだろうか。

虎生は、黒猫《くろねこ》についていって、庭に入っていった。庭はかなり荒《あ》れていて、あちこちに草がボウボウと生え、玄関《げんかん》まで続く敷石《しきいし》も隠《かく》れるくらいだった。

そのとき、ミャオというかすかな鳴き声が聞こえた。黒猫のものではなかった。近くに、ほかにも猫がいるのだろうか。その声に応《こた》えるように、黒猫がニャーと鳴く。また、ミャオという小さな鳴き声がした。猫同士《ねこどうし》で何か伝え合っているのかとも思ったが、そうではなさそうだ。黒猫は、虎生を見上げて、訴《うった》えかけるように鳴き声をあげているのだ。また猫の鳴き声がした。何だか苦しそうな声で、建物の裏《うら》から聞こえてくるみたいだ。その声を追うように、黒猫が、玄関の脇《わき》を通って裏の方を目指して走っていく。だけど……。

「おい待てよ。捜《さが》してるのは作井さんなんだからな」

虎生は思わず黒猫に呼《よ》びかけた。言葉がわかるはずないのに。でも、黒猫は、ときどき立ち止まっては虎生を見上げ、また走り出す。しかたなしに、虎生もそのあとを追った。

なぜか、背中《せなか》がぞくりとした。ただの荒れた庭なのに、あたりが暗いわけでもないのに、胸《むね》がドキドキしてきた。さっき聞いた、黒い幽霊《ゆうれい》が出るという言葉が頭に浮《う》かんだ。まさか……。

また、猫の鳴き声が聞こえた。その声がだんだんと大きくなる。何だか悲鳴のように聞こえる。ふいに、叫《さけ》ぶような声がした。

「虎徹、虎徹。お願いだから、下りて！」

実那の声だった。でも、姿《すがた》は見えなかった。

「作井さん、どこにいるの？」

虎生はどなった。でも、返事は返ってこなかった。黒猫《くろねこ》がまた鳴いた。虎生ははっとして足を止めた。勝手口のドアが開いていたのだ。実那は、家の中にいるのだろうか。

虎生は、勝手口のドアに近づき、中をのぞいた。そこはキッチンのようだったが、実那の姿は見えなかった。ただ、白いスニーカーがある。たぶん実那のものだ。虎生も靴《くつ》を脱《ぬ》いで、中に入った。ところが、キッチンの先の部屋は、黒っぽい煙《けむり》のようなものにおおわれていて、よく見えなかった。

「作井さん！」

もう一度、虎生は叫んだ。

「倉橋くん？」

いる！　ここに、実那がいるのだ。けれども、煙の中には邪悪《じゃあく》なものがひそんでいそうで、

虎生の足はすくんでしまい、すぐには動けなかった。

「倉橋くん！　来てくれたの？」

　また、実那の声がした。虎生は唇《くちびる》をきゅっとかんでから、思い切って部屋に飛《と》び込《こ》んだ。

　目が慣《な》れてくると、泣きそうな顔で立つ実那の姿《すがた》が見えた。虎生は、近づいて聞いた。

「作井さん、いったいどうしたの？」

「虎徹が……」

　指さした先、棚《たな》の上の方にトラ猫《ねこ》がうずくまっていて、黒々とした煙《けむり》が猫にまとわりつくようにしてゆらゆら揺《ゆ》れていた。トラ猫はおびえたように鳴き続けていた。

「どうしてもあそこから下りてくれなくて。でも、手が届《とど》かないの、あたしでは。倉橋くん、お願い、虎徹を下ろしてあげて」

　実那が泣きそうな顔で虎生を見て言った。虎生は、うぐっと喉《のど》を鳴らした。猫は苦手だ。触《さわ》るなんてもってのほかだ。だけど……。

　虎生は、実那の前に出ると、棚に向かって手を伸《の》ばした。その手を黒い煙がなでていく。

「うっ！」

　思わず、一度手を引っ込めた。べっとりとしていやな感じだった。虎生は、目を閉《と》じて両手をトラ猫の方に伸ばした。手が猫の背中《せなか》に触《ふ》れた瞬間《しゅんかん》、鳥肌《とりはだ》が立った。ひっかかれたときの記《き》憶《おく》がよみがえる。でも、虎生の手はしっかりとトラ猫をつかんだ。思ったより大きな猫で、ずっしりと重かった。猫の爪《つめ》が、一瞬手に触れたが、虎生は必死に耐《た》えて抱《だ》き下《お》ろした。

すぐに実那が抱《だ》き取《と》った。そのとたんに、汗《あせ》がどっと噴《ふ》き出《で》た。

「まだ、様子がおかしいみたい」

たしかに、トラ猫《ねこ》はぐったりしている。

「とにかく、早く、ここを出よう」

虎生が言うと、実那もうなずいた。急いで靴《くつ》を履《は》いて、外に出る。それから、ドアを閉《し》めた。

そのとたんに、まとわりついていたいやな感じが消えた。

家の玄関《げんかん》の方に回る。

「倉橋くん、どうしてここがわかったの？」

「あれ」

虎生は、門のそばに咲《さ》くハゼランを指さした。

「あのピンクの、小さな花？」

「ハゼランっていうんだ。マスターがラテ占《うらな》いをして、この花が咲いてるところに、作井さんがいるってわかったんだ」

門のそばまで来たとき、トラ猫が、ハゼランの方を見てミャオと鳴いた。さっきよりも、しっかりした鳴き声だった。

実那は、トラ猫《ねこ》を抱《だ》いたまま身をかがめて花を見た。

「かわいい花だね」

それから、二人は並《なら》んで門の外に出た。

「いったい、何があったの？」

と虎生が聞くと、実那がぽつりぽつりと説明した。

「ピアノレッスンの帰り、いつものように、カフェに行こうとしたら、虎徹を見かけたの。それで、声をかけたんだけど、なんか様子がいつもと違《ちが》っていて。いつもは、あたしが呼《よ》べば、すぐに近づいてくるのに、いくら呼んでも離《はな》れていくの。しかも、足取りがおかしいっていうか。まるで何かに引《ひ》っ張《ぱ》られるみたいにして、走っていくの」

「それで、あとを追ったの？」

「うん。そしたら、さっきの家に入っていって。裏口《うらぐち》のドアが少し開いていたから、あたしも……勝手に入っちゃいけないかと思ったけど……」

「黒い、煙《けむり》みたいのが見えたよね」

「不気味で怖《こわ》かった。でも、虎徹をほっておけないから。カフェに行って、マスターに来てもらおうかとも思ったけど、目を離したら、虎徹がとんでもないことになりそうで、怖かった」

「あれは、何だったんだろう」

「だれかの、怨念《おんねん》だったのかも。女の子が呪《のろ》われたってうわさがあるって、前に話したよね。あの家だったのかな」

そのとき、実那に抱《だ》かれていたトラ猫《ねこ》が、するりと腕《うで》から逃《のが》れ出《で》て、先を行く黒猫を追《お》い抜《ぬ》かす。さっきまでの様子がうそみたいな、堂々《どうどう》とした歩きっぷりだ。

「よかった。いつもの虎徹にもどったみたい」

「なついてるんだね、作井さんに」

「うん。仲よしだよ。顔はむっつりだけど、かわいいの」

「ぼくは……」

本当は、猫が苦手なんだと、言おうとしてやめた。

「何？」

「何でもないよ」

「今日は、倉橋くんと黒姫が来てくれて、ほんとに助かったよ」

「黒姫？　あの黒い猫も、黒姫という名前なの？」

「うん」

「……そうなんだ」

「ありがとう。倉橋くんのおかげ」

カフェの前まで来ると、そこにはうろうろと歩き回る白い猫《ねこ》がいた。黒姫と虎徹は、はずむような鳴き声をあげて、白い猫の方に走っていった。

虎生と実那は、並《なら》んでカフェの中に入った。マスターが笑顔《えがお》で迎《むか》えてくれた。

「お疲《つか》れさま。無事、解決《かいけつ》したようですね」

解決？　まるで事件《じけん》かなんかみたいだ、と虎生は思った。でも、考えてみれば、事件だったのかもしれない。

「さて、お二人そろったところで、お飲み物とスイーツをお出ししましょう」

虎生の前にはティーラテとモンブラン、実那の前にはキャラメルラテとスイートポテトが置かれた。飲み物に描《えが》かれたアートは同じだった。猫。そして3と9。

それを見た実那がくすっと笑った。

「サンキュー、だって」

同じ39でも、さっきは「咲《さ》く」だったな、と虎生は思った。

「では、このラテアートが消えるまで、ゆっくりと読書をお楽しみください」

波打つような茶色のマロンクリームの上に、大きな栗《くり》がのっている。すっとスプーンを差し入れてすくうと、マロンクリームの下から白い生クリームが現《あらわ》れた。口に運ぶと、口の中でクリームがほどけた。

「おいしい」

思わずつぶやく。

「スイートポテトもおいしいよ」

実那がにっこり笑った。それから実那は、カバンから本を取り出して、虎生に渡《わた》した。『花と少年』だった。

いろんなことがあって、すっかり忘《わす》れていたけれど、この本を読むことが、ここに来た目的だったのだ。

「ありがとう」

虎生は、本を開いて読み始める。何しろ、これは次に手にする人が決まっている本なのだ。その人が、今にも現れるかもしれない。だから、急いで読まなくては。

読み始めてすぐに、虎生は気がついた。

――この主人公の少年、何だかぼくに似《に》てるみたいだ……。

たんに花が好きなだけじゃない。身体《からだ》が大きくて、でも気が小さいところなんか、そっくり

と、実那が言った。いつの間にか、呼《よ》び方《かた》が倉橋くんから虎生くんに変わっている。何だか、ちょっと気恥《きは》ずかしかった。でも、うれしい。

虎生は名残惜《なごりお》しそうに本を閉《と》じて、いったん実那に返した。

実那がマスターに『花と少年』を渡《わた》すと、マスターが虎生の方を見てにっこり笑った。

「この本が読まれたがっているのは、あなたのようですね」

虎生はまじまじとマスターを見つめてしまった。それって、どういう意味だろう。本が読者を選んでいるってことだろうか。

「……ぼくに、読まれたがっているって、つまり、ぼくが読んだほうがいいってこと、ですか？」

「さようです」

「でも、この本は……」

途中《とちゅう》で終わっている。そのことを口にしていいのかどうか、迷《まよ》っていると、マスターがまた言った。

「物語というのは、作者と読者で作る世界なのです。どうぞこの本をお持ち帰りください。その代わりに置いていってくれる本があればいいんですが」

本を持ってくればよかった。飲み物だってただになるのにと思いながら、虎生は唇《くちびる》をかんだ。それから、残念そうにマスターに告《つ》げた。

「あの、今は、何も持ってないです」

「そうですか。それは残念ですね。でも、今日は、あなたに虎徹を助けてもらったので、特別にお持ちいただいてもいいことにしましょう」

「ありがとうございます！」

物語が途中《とちゅう》で終わっていても、この本がすっかり気に入っていたので、手元に置いて、もう一度最初からじっくりと読めることがうれしかった。

「虎生くん、帰ろう」

二人が立ち上がったとき、黒い服の女の人が入ってきた。黒姫だ。

実那が、黒姫に向かって言った。

「さっきは、虎生くんを連れてきてくれてありがとう」

虎生は、このカフェのことを、不思議な場所だと実那が言っていたことを思い出した。黒姫は、虎生と実那の顔を交互《こうご》に見て、にっこり笑った。

「こっちこそ、虎徹を助けてくれてありがとう。あの家の子の怨念《おんねん》が強すぎて、実那を巻《ま》き込《こ》んでしまったって気にしてるよ」

「虎徹のせいじゃないよ。悪いのは呪《のろ》ったヤツだもん」

黒姫はにっこり笑った。同時に、ニャーという小さな声が聞こえたような気がした。

店の外に出ると、白猫《しろねこ》とトラ猫が並《なら》んで座《すわ》っていた。

トラ猫……虎徹が、虎生に近づいてきた。思わず後ろに下がった。虎生はやっぱり猫は苦手だ。

でも、さっき、虎徹をこの手で抱《だ》き下《お》ろしたのだ。もう、前みたいに怖《おそ》れる気持ちはなくなっていた。二ひきの猫に向かって、

「虎徹、白雪。バイバイ、またね」

と、実那が声をかけて手を振《ふ》る。虎生もそっと片手《かたて》を振ってみた。二ひきの猫が、同時にミャオと鳴いた。またね、と言っているみたいだった。

虎生は、隣《となり》を歩く実那に聞いた。

「実那ちゃんは、『魔道士ワンジー』ってコミック、知ってる？」

思い切って、ファーストネームで呼《よ》んでみた。そんなことには気がつかなかったみたいに、実那はうなずいた。

「知ってるよ。あたしも、蔵《くら》カフェで読んだ」

「ぼくが、寅和尚に似《に》てるって言われたのも、知ってるよね？　それで、みんなに怖《こわ》がられ

ちゃったみたいで」

実那はうーん、というふうに首をかしげた。

「転校してきたばかりの頃《ころ》の話でしょ。そう言われれば、ちょっと似《に》てるかもしれないけど、それほどでもないと思うよ。だって、寅和尚は、つるんとした坊主頭《ぼうずあたま》だし。虎生くんの髪《かみ》、もう少し長いし」

そう言われて、はっとなった。転校してきて二か月。いつの間にか髪が伸《の》びて、だいぶ感じが変わっていたのだ。

でも、寅和尚はけっこういいキャラだ。なんなら、それが自分のあだ名でもいいくらいだ、とひそかに虎生は思った。

「虎生くんはちっとも怖《こわ》くない。それにあたし、寅和尚、案外いい人なんじゃないかって思ってるんだ」

「そ、そうなんだよね」

「たしか、あのコミック、もうすぐ二巻《かん》が出るんだよね」

え？　ぼく、さっき二巻目読んだけど、という言葉が出かかったけれど、言わなかった。代わりに、

「ぼく、また蔵《くら》カフェに来たいな。実那ちゃんみたいに、マイカップ、置いてもらおうかな」

と言った。

虎生は実那と初めて話した日のことを思い出していた。117というページを見て、「いいな」だから、いいことがある、と言った実那。あれは、本当だったのかも。

家に帰ってから、虎生は『花と少年』を開いた。物語の途中《とちゅう》で終わっていたんだよな、あの続きが読みたいんだけど、と思いながら。

ところが、なんと、さっきは真っ白だったページに、続きが書かれていた。

「あ、先が読める！」

でも、虎生はもう何も驚《おどろ》かなかった。不思議なカフェの不思議なマスターが、虎生に手渡《てわた》してくれた本だから。

そして、その先の、少年の冒険《ぼうけん》を読みふけった。

バッドエンドのむこうに

菅野雪虫

一、古本市

蓮《れん》は月に一回、両親といっしょに出かける駅ビルがある。

駅ビルは二階建てで、そう大きくもないが、近所のシャッター商店街に比《くら》べれば、大手チェーンの洋服屋や百均《ひゃっきん》、ゲームセンターやガチャのコーナーにファーストフードの店もある。父の車で行く月一のドライブは、それなりに楽しかった。

三人それぞれの買い物をしてからいつも入るレストランの隣《となり》は、学校の教室くらいの広さのフリースペースで、月によって催《もよお》し物《もの》が変わる。

先月は地元のギャラリーの展示即売会《てんじそくばいかい》だったが、今日は入り口に〈恒例《こうれい》・秋の古本市〉というのぼりが立ててあり、折《お》り畳《たた》みテーブルの前には二人のおじいさんが座《すわ》っている。テーブルの上にはバーコードリーダーのない金属製《きんぞくせい》の古いレジスターと、広げられたノートと鉛筆《えんぴつ》。奥《おく》にはセット売りや百円均一の本を積んだワゴンが並《なら》び、壁際《かべぎわ》にもごちゃごちゃと本が積み上げてあった。

「へえ、古本市かあ」

お父さんがつぶやいた。ちょっと興味《きょうみ》があるような言い方に、レストランの入り口で名簿《めいぼ》に名前を書いていたお母さんが言った。

「のぞいてくれれば？　まだ三組くらい待つわよ」

「じゃあ、蓮も行くか？」

「うん」

三組というのが何分くらい待つのかわからなかったが、ただ椅子《いす》に座《すわ》っているよりはいいと思い、蓮はお父さんについていった。

中に入っていくと、そこはたまに行く大型《おおがた》チェーン店の古本屋とはぜんぜんちがっていた。

「本ばっかじゃん」

蓮のつぶやきに、お父さんが笑った。

「そりゃ古本市だからな」

そりゃそうだけど、と思った。店名が「ブック○○」とか「本の○○」でも、商店街の本屋なら文房具《ぶんぼうぐ》、繁華街《はんかがい》の大型古書店ならCDにDVD、マンガやアニメ、ゲームのキャラクターグッズやフィギュアで溢《あふ》れている。なんならそっちのほうが多いくらいだ。だがこの〈古本市〉に、そんなものはなかった。あるのは活字の本ばかり。あとは多少のクラシック音楽のCD、昔の映画《えいが》のDVDとビデオテープ、そして、

「なんだこりゃ？」

という、いちばん角に積まれた物たちだった。

そこはだれかが使った古い教科書やノート、モノクロの絵葉書やチラシが置いてあるコーナーだった。それぞれビニール袋《ぶくろ》に入っていて、値段《ねだん》は二百円から三千円くらい。

まるで、どこかの家の押《お》し入《い》れの、いちばん奥《おく》にあったもの全部取り出してきたみたいだ。

こういう物は興味《きょうみ》のない人にとってはただのガラクタだが、歴史好《れきしず》きのお父さんは、

「おお、なんか古い蔵《くら》でも開けたみたいだなあ」

と、喜《よろこ》んでいる。一方、蓮はそこまで古い物に興味はない。もうちょっと新しい本のところへ行こうとしたとき、ふと目に入った物があった。

それは今まで見た中で、いちばん横に長い本だった。

縦《たて》は五、六センチ、厚《あつ》みは三センチくらいで、横はばは三十センチ以上はあり、両手で持つと、くんにゃりと両端《りょうたん》が垂《た》れ下《さ》がる。厚紙の表紙と背表紙《せびょうし》に書かれているタイトルはあきらかに手書きで、かすれていて読めない。厚紙の表紙を左からめくると、古い灰色《はいいろ》がかった薄《うす》い紙の上に、縦書きの文章の塊《かたまり》が真ん中のさし絵で二つに分かれている。

それは新聞記事を、切《き》り抜《ぬ》いていちばん端《はし》を貼《は》り合《あ》わせ束ねた手作りの本だった。一枚目《まいめ》の右端には大きく『光と闇《やみ》のむこうに』〈第一回〉とある。どうやら小説らしい。よく見ると、ワゴンの中には似《に》たような本がいくつかあり、お父さんもそれを見ては、

「お、こっちは囲碁《いご》の棋譜《きふ》、こっちは将棋《しょうぎ》か。きれいにまとめてあるなあ」

と、いろいろめくっては喜《よろこ》んでいる。

「なんで、こんなの作ったんだろ?」

「なんでって、後からまた読みたいからだろ。連載《れんさい》小説は本になることが多いけど、わざわざ買わなくても、こうしてまとめておけば何回も読めるだろ。それに、こういう連載小説は本になるとさし絵《え》が無くなることが多いからな」

「あ、そうか」

蓮は納得《なっとく》した。マンガは数百円だが、大人の小説は二千円くらいするので、買うのがもったいない、と感じる人もいるだろう。

それにクラスのマンガ好きの友達は、毎週かかさず雑誌《ざっし》を買う上に、自分の好きな連載のページは切り離《はな》して取っておくという。

「マンガは、単行本になるとセリフやキャラの表情《ひょうじょう》が、ちょっと変わってるときあるんだ。作者が直したいと思ったのか、読者の反応《はんのう》を見て変えたのかわからないけど。それを考察するのも面白《おもしろ》いんだよ。カラーページが白黒になっちゃうことも多いしさ」

そんなことを言ってたなと思い出していると、入り口のテーブルに向かって座《すわ》っていたおじいさんの一人が、蓮たちに声をかけた。

「そこら辺ね、亡《な》くなった親御《おやご》さんの蔵書《ぞうしょ》をまとめて持《も》ち込《こ》んだ人の本の中に入ってたんですよ。普段《ふだん》はそういうの引き取らないんだけど、お得意《とくい》さんだし、状態《じょうたい》もよかったんでね」

「たしかにきれいですね」

お父さんが言った。一枚一枚《いちまいいちまい》切り取った新聞を束ねて貼《は》り合《あ》わせたら、横のところがガタガタになってもおかしくないのに、この「本」のふちは機械で切り落としたように、つまり普通の「本」のように平らだ。この持ち主がいかに器用で丁寧《ていねい》で、これらの連載《れんさい》が好きだったかがわかる。

「そういや、亡《な》くなったお祖母《ばあ》ちゃんも、こんなの作ってたな」

「そうなの?」

「ああ。おまえが物心ついたときは、もうやってなかったけど、お父さんが小さいときは、新聞に載《の》ってたきれいな絵とか写真とか料理のレシピ、大事に切り取ってスクラップしてたよ」

お父さんのスマホが鳴った。

「お、お母さんから『席あいた』ってライン来たぞ。父さん、さっき目をつけた本買うから。蓮も欲《ほ》しいのがあったら、一冊《さつ》買ってやるぞ」

「えっ?」

急に言われても、まだ他の本も見てないのに、と思ったが、お父さんはビニールでラッピングされた『神聖喜劇《しんせいきげき》』という全五冊《さつ》の大きな束をレジのテーブルの上に置いていた。

おじいさんは本を受け取り、テーブルの上にあったノートに「二千五百円」と書《か》き込《こ》み、レジのボタンを打った。バーコードを読み取らない買い物を見るのは、お祭りの屋台でタコ焼きを買ったとき以来だった。ノートは縦《たて》に三本の線で四つに区切られ、「道草書房《みちくさしょぼう》」「詩文堂《しぶんどう》」「ふるほん島田《しまだ》」「高橋書店《たかはししょてん》」といった名前が書いてある下に、数字がつらなっていた。

「ここは四つの古本屋で、いっしょにやってるんですね」

「ええ、前はもっと多かったんですけど、廃業《はいぎょう》したりネット専門《せんもん》になったりして減《へ》りましたよ。さびしいもんです」

と一人のおじいさんが言ったが、

「でも、こうして市を開くと、必ず買ってくれる人が来ますから」

と、もう一人がにっこり笑った。

「蓮は、どうする？」

「じゃあ、これ買って」

蓮は『光と闇のむこうに』を差し出した。三百円だった。

二、なろう系《けい》

三人でレストランの窓際《まどぎわ》の席に座《すわ》って、いつものハンバーグドリアのセットを注文した蓮は、『光と闇のむこうに』を読み始めた。

主人公は中学二年生の市村和男《いちむらかずお》――名前が古い――は、ごく普通《ふつう》の学校では目立たない男子だ。クラスにはあまり馴染《なじ》めず、グループ学習や団体《だんたい》行動が苦手で、毎日がなんとなくつまらないと思っている。

和男は一ページ目、すなわち連載《れんさい》の一回目で、道路に飛び出したハチワレの猫《ねこ》を助けようとしてトラックにはねられ、いきなり中世の中国のような異世界《いせかい》に飛ばされてしまう。

異世界小説にはよくある「文化はちがうが言葉は通じる」世界で、服装《ふくそう》も髪型《かみがた》も浮《う》いている和男は、「あやしい奴《やつ》だ!」と、その世界の警察《けいさつ》のような軍人のような奴らに捕《つか》まってしまう。

だいたいの異世界には「人権《じんけん》」なんて文字はない。和男はいきなり殴《なぐ》られるし、牢《ろう》はワラを敷《し》いただけの土間で学生服は泥《どろ》まみれになるし、食事は腐《くさ》っている。

「こんなとこにいたら死ぬ!」

と思った和男は、スキを見て警察署《けいさつしょ》のような場所から逃《に》げ出《だ》す。

畑のまん中の大きな農家のような家に和男は入《はい》り込《こ》む。大人から自分と同じくらいの子どもまで働いている人間がたくさんいるので、紛《まぎ》れ込《こ》みやすかったのだ。空腹《くうふく》をかかえながら納屋《なや》に隠《かく》れていると、

「子どもが落ちたぞ！」

という声が聞こえる。外をのぞくと、大人の背丈《せたけ》よりも高い、大きな水がめの中に子どもが落ちた、と大騒《おおさわ》ぎしている。上から手を伸《の》ばしても小さな子どもには届《とど》かない、綱《つな》を投げてもつかむ力が弱いので離《はな》してしまう。そのとき、

「かめを割《わ》れ！」

というだれかの声が聞こえる。そうか、かめを割って水を出せば子どもを救《すく》えるんだ、と和男は気付くが、大人たちがいくら石や棒《ぼう》で叩《たた》いても、分厚《ぶあつ》いかめは割れない。中から聞こえる子どもの声や水音は、どんどん弱く小さくなってゆく。

いてもたってもいられなくなった和男は、納屋にあった重そうな道具を持って飛び出していくが、大人がそれでかめを叩いてもやはり駄目《だめ》だ。

そのとき、「これを使って！」とそばにいた少女が、和男に小さな石のようなものを渡《わた》す。こんな小さな石なんかで、と思いつつ、和男がそれを振《ふ》りかざしただけでかめは粉々《こなごな》に割れ、水とともに瀕死《ひんし》の子どもが流れ出てくる——。

「え？　なんだ。どうして……？」

と和男が驚《おどろ》いていると、「その光の紋章《もんしょう》を使えるなんて、あなたは……」と少女が言う。

それは滅《ほろ》びた王国の家紋、通称《つうしょう》〈光の紋章〉が彫《ほ》り込《こ》まれた、伝説の神器《じんぎ》だった。

今の王に奪《うば》われ、王宮の神殿《しんでん》に飾《かざ》られていたが、神官である少女の父が、自分の命と引《ひ》き換《か》えに神殿から持ち出したのだった。どんな硬《かた》い物質《ぶっしつ》でも打《う》ち砕《くだ》く力があるが、それはこの国を救《すく》う救世主《きゅうせいしゅ》の手にあるときのみ発揮《はっき》される。つまり和男は、この世界を救う救世主だったのだ。

「俺《おれ》が、救世主――？」

少女とその兄がひざまずき、

「この世界を救ってくれ」

と和男に頼《たの》む――。


そこまで読んだところで、「蓮、ドリア来たわよ」と、お母さんが言った。本を置いて、おしぼりで手をふいていると、お母さんのチキン南蛮《なんばん》定食、お父さんのカツ煮《に》定食もそろって、三人は食べ始めた。

「さっきから、ずっとそれ読んでたわね。なに買ってもらったの？」お母さんが聞いた。

「新聞の連載《れんさい》小説を本にしたやつ」

蓮はお母さんに『光と闇のむこうに』を見せた。

「へえ。古本市って、こんな物も売ってるのね。で、どんなストーリーなの？」

「なろう系《けい》」

「えっ？」

そうだ。これはなろう系だ。クラスの友達にすすめられて、何冊《なんさつ》か読んだことがある。もっとも、すごく長い話が多いので、読んだのは最初の一冊や二冊だけだったけど。

全部というわけではないが、だいたいこっちの世界では冴《さ》えない学生やサラリーマンがトラックにはねられ、即死《そくし》して異世界《いせかい》に飛ばされる。そこでは主人公が伝説の勇者だったり聖者《せいじゃ》だったりして、なぜかふしぎな力を持っている。あるいはこっちの世界のスキルがものすごく役に立ち人々に尊敬《そんけい》される。その世界の王や英雄《えいゆう》や、世界を変える者になることも多い。

「へえ。そんな昔から、なろう系ってあったんだ」

お父さんが笑った。さらに蓮が話の中の、子どものエピソードを話すと、

「ああ、それは『司馬温公《しばおんこう》のかめ割《わ》り』の話だな。懐《なつ》かしい」

と、言った。

「しばおんこう？」

「昔の中国の学者だよ。とにかく小さいころから賢《かしこ》かったって有名なんだ。神童伝説がたくさんあって、戦前のひいお祖父《じい》ちゃんのころなんかは、よく修身《しゅうしん》の教科書に載《の》ってたんだってさ」

修身というのは、今の道徳のようなものだとお母さんが言った。

「なんだ。元ネタあったんだ」

「うん。元の話だとかめは父親の高価《こうか》な物で、いっしょに遊んでいた友達が落ちたんだ。それを割《わ》られても父親は、『金より命のほうが大事だ。とっさにそれを判断《はんだん》できたおまえは偉《えら》い』って、司馬温公のことをほめたんだってさ」

「ふ〜ん」

自分がいいなと思ったエピソードがパクリだったのはちょっとがっかりしたが、面白《おもしろ》いので許《ゆる》すことにした。とにかくこの一件《いっけん》で、蓮は主人公・和男のことが割《わり》と気に入った。見つかったらまた捕《つか》まる危険《きけん》があるのに、小さな子が死にそうになっていると飛び出していく。性格《せいかく》までチートよりは、そういう主人公のほうが好きだった。

ハンバーグドリアを食べ終わり、デザートのアイスクリームが来るまで、蓮はまた『光と闇のむこうに』を読み始めた。

和男に「世界を救《すく》ってくれ」と頼《たの》む兄妹《きょうだい》は、

「この国がこんなに荒《すさ》んでいるのは今の悪い王のせいだ」

と、説明してくれる。兄のカロンは和男より少し年上で十七か八くらい。貧《まず》しい暮《く》らしをしているが、背《せ》が高くイケメンで、本来は神官という職業《しょくぎょう》を継《つ》ぐはずだったインテリだ。奴隷階《どれい》級だが、読み書きもできるし歴史《れきし》や法律《ほうりつ》にもくわしいので、周りの大人からも頼《たよ》られている。

妹のアイナは和男と同じ十四歳《さい》。顔の上三分の一くらいに赤いあざがあるが、顔立ちはかわいらしく、しかも和男がクラスでなんとなく気になっていた女の子に似《に》ている。

裏面《りめん》の広告《こうこく》から見て、四、五十年くらい昔の話だが、文章はわかりやすく、展開《てんかい》は面白《おもしろ》く、スラスラと読める。

その後、デザートを食べ終わってから、そして家に帰ってからも、蓮は『光と闇のむこうに』を読み続けた。最初は昔の活字が読《よ》み難《にく》いなと思ったが、だんだん慣《な》れてきた。なにより異世界《いせかい》でふしぎな力を得《え》た和男の無双《むそう》が痛快《つうかい》だったし、三人がピンチに陥《おちい》ったときのカロンの作戦も圧巻《あっかん》だ。和男より軍師《ぐんし》のようなカロンのほうがかっこいいと思ったくらいだった。

だがカロンは徹底《てってい》して、表には出てこない。この世界では兄妹は差別される側の民族なので、「自分が言っても人は動かない」と和男に言うのだ。和男は差別されない側の外見をしているので、光の紋章《もんしょう》のふしぎな力も相まって、より英雄視《えいゆうし》され、人が従《したが》う。

「でも、カロンとアイナのお父さんは神官だったんだろ？　王様に重用《ちょうよう》されるなんて、すごい仕事に就《つ》いてるじゃないか」

「それが奴《やつ》らの手さ。『私《わたし》たちは差別をしていない』『能力《のうりょく》のある者なら成功できる。成功できないのはおまえらに能力がないからだ』って言《い》い訳《わけ》にしてるんだ」

和男の持つ光の紋章《もんしょう》の力と、カロンの仕組んだ共闘《きょうとう》で、支配《しはい》されていた奴隷《どれい》階級の人々は立ち上がり、圧政《あっせい》を強《し》いていた王は捕《と》らえられる。人々は救《すく》われ、和男はこの世界の新しい王になってくれとカロンたちから頼《たの》まれる。

「えっ！　俺《おれ》なんて無理だ。ここはカロンが……」

「俺では民《たみ》が納得《なっとく》しない」

「でも……」

迷《まよ》う和男だが、「今は強い求心力を持った象徴《しょうちょう》が必要なんだ」とカロンに諭《さと》され、「お願い。あなたが元の世界に帰るまででいいから」とアイナに言われ、

「じゃあ、みんなが落ち着くまで……」

と、和男は暫定的《ざんていてき》に王の役を引き受けることにする。

王位につく儀式《ぎしき》の前夜、落ち着かない和男は二人の部屋へ行く。中から兄妹《きょうだい》の声が聞こえ、少し待った後、声が止《や》んだので「いいか？」と聞くが返事がない。悪いと思いつつ、部屋をのぞくと、立《た》ち尽《つ》くすカロンの足元は血の海で、その中にアイナが倒《たお》れている。

え？　なんで？

残りのページは、あとわずかだ。どきどきしつつページをめくると、なんと――。

「ない！」

灰色《はいいろ》の厚紙《あつがみ》を見て、蓮は声を上げた。

「どうした？」

お父さんが新聞から目を上げた。最後の数ページだと思った厚さは、裏表紙《うらびょうし》の厚紙のものだった。

「途中《とちゅう》で終わってる。ラストがない！」

「どういうこと？」お母さんが聞いた。

「ほら、見てよ。最後のページも〈つづく〉になってる」

「あらほんと～。不良品？」

　と首をかしげるお母さんに、「いや、これはこれできれいに製本《せいほん》してあるし、家庭用のスクラップだ。出版《しゅっぱん》されて本屋に並《なら》んでたものならともかく、これは文句《もんく》言えないな」と、お父さんは言った。「うわー。あそこで確《たし》かめればよかった。まさか最終回までない小説を、こんなにきれいに本にしてるなんて思わないよ」と蓮ががっくりしていると、お母さんが言った。

「でも、これ新聞連載《れんさい》でしょ？　本になってるんじゃないの？」

「あ、そうか」

　蓮はさっそく居間《いま》のパソコンを開き、ネットで調べた。

「あった！『光と闇のむこうに』毎朝《まいちょう》新聞に一九七八年十月から十二月まで連載。単行本は、一九七九年五月に毎朝新聞社から発売……」

　本は出てたんだ、と思った。だが、とっくに絶版《ぜっぱん》で古本ですら売っていない。ネット書店にもネットオークションにも、ネットフリマにもなかった。

「あんまり売れなかったのかな……」

　とつぶやく蓮に、「そうねえ。聞いたこともない作者だし」と、お母さんは言った。確かに作者の名前で検索《けんさく》しても、他の本は出てこない。

「人気なかったのかな」

「まあ、そうだろうな。ベストセラーなら絶版になっていても、古本が出回ってるはずだ」

とうなずくお父さんに、お母さんが言った。

「そうだ、復刊《ふっかん》なんとかってサイトがあったんじゃない？　一定の人数になると、紙か電子で復刊されるやつ。マニアックな本でも、リクエスト復刊《ふっかん》されてることあるわよ」

そこで昔好きだった少女マンガを買ったことがある、とお母さんは言った。

「そうか、探《さが》してみる」

蓮は検索《けんさく》してそのページを見つけたが、『光と闇のむこうに』は名前こそあがっていたものの、

「残念ながらリクエストが復刊に必要な人数に達しませんでした」

とある。がっくりしつつ、リクエストを望む人の書《か》き込《こ》みを読むと、「あのラストが忘《わす》れられません」「カロンは私《わたし》の初恋《はつこい》でした」「もう一度読みたいです」といった声が並《なら》び、蓮の想像《そうぞう》力《りょく》をかきたてた。

だが市の図書館のサイトで検索《けんさく》しても、インターネットにも『光と闇のむこうに』はなかった。

もう、あの続きは永遠《えいえん》に読むことはできないのか、と蓮は思った。

三、蔵《くら》のカフェ

蓮はそれからしばらく、『光と闇のむこうに』のことを考えていた。

今までにも夢中《むちゅう》になったマンガやアニメはあったが、今回はちょっとちがった。特別な本として出会ったせいか、なんだか自分のための物語のような気がしたのだ。

それにハッピーエンドかと思ったところで、どんでんがえしを思わせるあの展開《てんかい》……まさか後味の悪いバッドエンドじゃないだろうな、と思い、ならあそこからハッピーエンドになるにはどうしたらいいんだろうと考えた。

実は、あの血の海は、こぼした赤ワインかなんかで、死んだと思っていたアイナが、

「ドッキリでした〜」

と起き上がる。いや、ないな。


そんなことを考えながら、学校から帰る途中《とちゅう》だった。

「あれ？」

目の前の道路をハチワレの猫《ねこ》が横切っていった。「マジで？」

この辺では見慣《みな》れない猫《ねこ》だった。蓮は猫好きなので、この界隈《かいわい》の猫の顔と柄《がら》はだいたい知っているのだ。

猫はくるっとふりむき、蓮のほうを見た。ガラス玉のような、日のあたる浅い湖の底のような目を見ているうちに、蓮はふらふらとちかづいていた。ゆれる白いひげとしっぽを追いかけてゆくうちに、蓮はいつのまにか一軒《けん》の建物の前に立っていた。

「こんなところに……蔵《くら》?」

それはどうやら蔵を改造《かいぞう》したカフェがあると、クラスの誰《だれ》かが話していた。それかな?

なめらかな白い壁《かべ》は、遠目にはつるりとしているように見えながら、ちかづくと波のような模様《もよう》が見えた。模様というより、この壁を塗《ぬ》ったときのへらの跡《あと》だ。

それは『光と闇のむこうに』の中に出てきた、王の城を取《と》り囲《かこ》む、巨大《きょだい》な白い城壁《じょうへき》を思わせた。もちろん、壁と城壁はちがう。だが、壁に残るへらの跡が、

「これを造《つく》ったのは、ここへ連れてこられた奴隷《どれい》だ。奴隷が、自分たちを拒《こば》む壁を自分たちで造るなんて皮肉だろ?」

というカロンの言葉を思い出させたのだ。

開いた扉《とびら》にハチワレの猫はすっと入っていった。この店の猫なのだろうか? そして猫と入れかわるように、見覚えのある男子が出てきた。

「あっ」

それは隣《となり》のクラスの転校生だった。相手は蓮に「だれだっけ？」という顔をしつつ、「じゃあ、また来ます」と店の中に一声かけて去っていった。えっ、カフェの常連《じょうれん》？　小学生で？

蓮は、なんとなく気になって中をのぞいた。

「本屋か？」

そう思うくらい、カフェなのに本がたくさんあるのが目についた。カフェならお茶を飲む気もないのに入るのは変だが、本屋ならちょっとのぞいてもいいのかなと思った。なにせ同じ年の小学生が出入りしているのだし。

蓮は蔵《くら》の中に足をふみ入れた。床《ゆか》は真っ黒な土間で、しっとりとした感触《かんしょく》が足の裏《うら》から伝わってくるようだった。

「いらっしゃいませ」

急に声をかけられてどきりとした。入り口からは見えなかった店の奥《おく》に、白髪《しらが》まじりの男の人が座《すわ》っていた。男の人は音もなく立ち上がった。白いシャツに黒いベスト、腰《こし》から長いエプロンを付けた背《せ》の高い人だ。

「我《わ》がブックカフェにようこそ。わたくしのことはマスターとお呼《よ》びください」

そう言われて、蓮はちょっと引いた。

「マ、マスター……」

なんか昔のマンガかアニメかドラマでしか聞いたことのない呼《よ》び方《かた》だ。そもそも、蓮はチェーン店のファーストフードやカフェやレストランにしか入ったことがないので、「店長」と呼ばれる人は見たことがあっても、「マスター」とお客さんが呼ぶような店は初めてだ。

「こちらでは、お客さまに合わせて、わたくしがセレクトした飲み物とお菓子《かし》をお出しします」

なんだその、「大将《たいしょう》、おまかせで」みたいなシステム。ヤバい店のような感じがしてきた。

「大人は五百円、子どもは百円です」

安っ！　自動販売機《はんばいき》より安いカフェなんてあるのか。なんか逆《ぎゃく》に怖《こわ》い。

「あ、俺《おれ》、お金ないんで……」

本当はランドセルの中に、「もしものときのため」とお母さんが入れてくれた五百円玉が入っているが、蓮は帰ろうと思った。この店、怪《あや》しすぎる。

「持ち合わせのないお客さまは、なにかいらない本を置いていっていただければよろしいですよ」

「えっ、ほんとにそれでいいの？」

「ええ」

怪《あや》しいけど良心的、良心的だけど怪しい——それに、いらない本って本当になんでも引き取ってくれるのか？「なんでもいい」って言っておいて、「じゃあこれ」って出すと「これはちょっと……」っていうパターンじゃないのか？　マンガや雑誌《ざっし》はダメっていうとか。

蓮は、このマスターを試《ため》してみたくなった。

「じゃあ、こういう本でもいいの？」

蓮はランドセルの中から『光と闇のむこうに』を取り出した。さあ、どうだ？

「これは……」

ほらな、ダメって言うんだろ？

マスターは丁寧《ていねい》な手つきで、細長い本をぱらりぱらりとめくった。

「貴重《きちょう》な本じゃないですか。いただいてよろしいんですか？」

「えっ？」蓮は慌《あわ》てて言った。

「あ、あの、でもこれ最後のほう無いですよ。途中《とちゅう》で終わってるっていうか」

「そうなんですか？　でも、これだけの回数が揃《そろ》っているならかまいませんよ」

「いや、ちょっと聞いてみただけっていうか……。百円でもいいんですよね？」

手放してもいいと思っていたものが、人に「欲《ほ》しい」と言われると急に惜《お》しくなる。自分でも勝手だなと思ったが、マスターは笑って言った。

「ええ、もちろん。では、飲み物を用意しますから、召《め》し上《あ》がりながらお考えください」

マスターは奥《おく》に引《ひ》っ込《こ》んでいく。いつのまにか一杯頼《ばいたの》むことになってしまった。

「ま、いいか。百円か、古本でいいなら」

蓮はランドセルを空いている椅子《いす》の上に置き、あらためて店の中を見回した。蔵《くら》カフェの中はなかなかお洒落《しゃれ》だった。こんな店で自販機《じはんき》より安い値段《ねだん》——本を置いていけばタダ——で飲み物とお菓子《かし》がもらえるなんて。

お父さんやお母さんや友達にも教えてやろうかな、と思いつつ、だれにも教えたくないような気がした。これがよくネットや雑誌《ざっし》に載《の》っている「隠《かく》れ家《が》気分のカフェ」という店かもしれない。にゃあ、と足もとにさっきのハチワレがじゃれついてきた。

このハチワレのおかげでこの店にたどり着いたかと思うと感謝《かんしゃ》したい気分になり、蓮は猫《ねこ》を抱《だ》き上《あ》げた。すると自然に、上のほうの本棚《ほんだな》が目に入った。

「あっ！」思わず声が出た。

「どうしました」

「あ、いえ……あの、あれ読んでもいいですか？」

蓮が片手《かたて》で猫を抱きながら高い棚の本を指さすと、マスターは長い手で、『光と闇のむこうに』をすっと抜《ぬ》き取《と》った。

「どうぞ」

マスターは近くのテーブルの上に本を置き、椅子《いす》を引いた。蓮は猫をおろし、その椅子に座《すわ》った。木目の美しいテーブルの上に、色あせた古い本がのっている。布《ぬの》に型押《かたお》しされたタイトル文字はかすれ、角は破《やぶ》れかけているが、まぎれもなく『光と闇のむこうに』の単行本だ。

「これから、ラテをお出しします。そのラテアートが消えるまで、あなたは本を読むことができます」

「は、はい」

へんな決まりだ。でも、こういうこだわりのカフェでは珍《めずら》しくないのかもしれない。ラテ系《けい》を飲んだことがないので、それが消えるまでに何分かかるのかはわからないが、この本はラストだけ読めばいいのだ。たぶん読み切れるだろう。

四、本当の結末

蓮は『光と闇のむこうに』を開いた。

最初のほうのページに書いてあるストーリーは、蓮の持っている本とまったく同じだ。

新聞連載《れんさい》で読んだところをざっとおさらいし、いよいよ未読のページに入ったところに、

「お待たせしました」

というマスターの声がした。

「あ、はい」

顔を上げると、テーブルの上にコーヒーカップとお菓子《かし》がのせられた。しかも泡立《あわだ》ったミルクの上に、あの「光の紋章《もんしょう》」が描《えが》かれている。

「うわ……すごい！」

こんなに細かくて複雑《ふくざつ》な図形をどうやって描《か》いたんだろう、と蓮は思った。ラテアートを描く動画をネットで見たことはあるが、このマスター、バリスタとして相当な腕前《うでまえ》だ。

「冷めないうちにどうぞ」

「あ、ありがとうございます」

ラテをすぐに飲んでしまうのはもったいなかったので、蓮は木の皿にのせられている茶色の地味な菓子のほうを先につまんだ。

「ん！」

胡桃《くるみ》と黒砂糖《くろざとう》を使ったそぼくな焼き菓子《やがし》。これまた『光と闇のむこうに』の中に出てくる、アイナの作る胡桃の菓子にそっくりだった。なんかすごいぞこの店、『光と闇のむこうに』のコラボカフェに来たみたいだ、と思いながら、蓮はいよいよ未読の部分を読み始めた。

血の中に横たわるアイナの亡《なき》がらを、カロンは冷たい目で見下ろして言った。

「こいつは裏切《うらぎ》り者《もの》だ」

「こいつ……？　裏切り？」

カロンはなにを言ってるんだ、と和男は思った。その声も言葉も、妹を語るものとは思えなかった。

「いや、裏切ろうとしていたと言うべきか」

「お、おまえ……自分の妹になに言ってるんだ！」

和男はカロンを初めておまえと呼《よ》んでいた。カロンは剣《けん》についた血をぬぐい、さやに収《おさ》めた。

「仕方がない。アイナは、おまえが異世界《いせかい》から来たただのガキだと、民《たみ》に知らせようとしていた。そんなことをしたら、この国にまた戦乱《せんらん》の世が来てしまう。だから仕方なかった」

「仕方ないって……なにも殺《ころ》すことないだろう！　幽閉《ゆうへい》するとか、方法はあるだろう！」

カロンは小さく笑った。

「閉《と》じ込《こ》めるか？　舌《した》を切るか？　そんなことをしても、いつかは出てくる。なにか方法を見つける。こいつはあきらめない。人を信じている」

そうだ、アイナはいつだってあきらめなかった。どんな辛《つら》い旅の途中《とちゅう》も、どんなに八方ふさがりの状況《じょうきょう》でも、どんな酷《ひど》い差別を受けても。でも、それはカロンも同じだと思っていた。

「カロンは……人を信じてないのか？」

「信じられるはずがないだろう」

カロンは即答《そくとう》した。「だれが信じられる？　こんな世界で」

「アイナは信じてた。おまえのことも、人のことも。俺《おれ》だって！」

和男は全身の力が抜《ぬ》け、ひざをついた。目の前に、アイナの半分血に染《そ》まった顔がある。その顔は、意外にもおだやかで、断末魔《だんまつま》の恐怖《きょうふ》や苦しみは感じられなかった。

ということは、カロンはアイナを怒鳴《どな》ったり追《お》い詰《つ》めたりはせず、油断《ゆだん》させておいて殺《ころ》したのだろうか？　そうだ、言い争うような声は聞こえなかった。いつものだれにでも優《やさ》しげな顔と声で、提案《ていあん》を受け入れたようなふりをして一刀両断《いっとうりょうだん》したのだ。兄を信じ切っていた妹を。

「おまえも俺も信じてたんじゃない。利用してただけだ。お互《たが》いにな」

「はあ？　俺は、おまえを利用なんてしてない」

「なにも知らない世界で生きていくために、俺たちの知識《ちしき》や立場を利用してたじゃないか。なにもできないおまえは」

「なにもできない？　俺は……！」

和男は立ち上がり、光の紋章《もんしょう》を取り出した。

「俺《おれ》は、なんだ？」

和男ははっとした。石が冷たい。いつも命あるもののように温かかった、時には持つ手が焼けるように熱かった石が、冷たくなっている。そして、いくらかざしても、光を放つことはなかった。

「あ、あれ？」

混乱《こんらん》する和男に、カロンは言った。

「それはもう、ただの石だ。アイナが死んだ今となってはな」

「それじゃ……」

「力を持っていたのはアイナだ。だが奴隷《どれい》の若い女の言うことなどだれが聞く？　それならいっそ、余所者《よそもの》のほうがいい。だからおまえに力があるように見せたんだ」

「！」

和男の手から、石が落ちた。石はごつり、と音を立て汚《よご》れた床《ゆか》に転がった。

「そんな……」

再《ふたた》び座《すわ》り込《こ》む和男に、カロンは憐《あわ》れむように言った。

「おまえを利用するのは簡単《かんたん》だった。『群れたくない』なんて言っているが、自分が優遇《ゆうぐう》される群れにならいたがるガキだとすぐにわかった。だからおだてて優遇してやった。私《わたし》たちのために働くように」

一気に読み切ってしまった。真実を知らされた和男は、カロンに捕《と》らえられ、幽閉《ゆうへい》されてしまうのだ。永遠《えいえん》に。つまり元の世界にも帰れず、どこへも行くことはできない――。

「これで、終わり……？」

思わず声が出た。頭がくらくらする。

「これが、終わり？」

あんなに探《さが》して、検索《けんさく》して、想像《そうぞう》した物語の……これが終わり？

蓮はぞわっとした。さっきまで居心地《いごこち》よく感じた、この暗くて静かな蔵《くら》の中に、もし一生閉《と》じ込《こ》められてしまったら――そう思うと急に蔵の中にいることが恐《おそ》ろしくなった。

どんな場所も、自由に出入りできるからこそ、安心していられるのだとわかった。

「わっ！」

ひざの上に飛び乗った猫《ねこ》が、まるで「冷めるぞ」というようにカップのほうを見た。

「あ、飲まなきゃ……」

さいわい少し冷めてもラテはおいしかった。一口飲んで、蓮はふうっと息をついた。

「読み終わったようですね」

カウンターからマスターが言った。「では、戻《もど》しておきましょうか？」

「あ、はい」

高い棚《たな》の上に戻すには、マスターの手を借りなければならない。もう少し手元に置いておきたい気がしたが、蓮はマスターに『光と闇のむこうに』を手渡《てわた》した。

「どうでした？　思ったとおりの結末でしたか？」

「あ、いや……なんていうか……思ってたより」

「ハッピーエンドじゃなかった？」

「はい。バッドエンドでした」

マスターが、ふっと笑った。

「それね、新聞のときとラストがちがうんですよ。兄の裏切《うらぎ》りも妹の死もなく、主人公はこの世界に帰ってくるんです」

「えっ？　マスター、この小説、連載《れんさい》のときに読んでたんですか？」

「ええ。子どものとき、家でとっていた新聞でね」

ああ、そうか。五十年くらい前の連載なら、ちょうどこの人が子どものころか、と思った。

「なかなか好評《こうひょう》でしたよ。投書欄《とうしょらん》には、『毎日楽しみにしています』なんてお便りが載《の》ってね。単行本になるときも、『あの人気連載が！』なんて広告《こうこく》が載ったのを覚えています」

「でも、今はぜんぜん知られてない……」

「そういう小説って意外とあるんですよ。もっと何百万部も売れても忘《わす》れられていく、散逸《さんいつ》物語のような小説はね」

「散逸物語？」

大昔、絵巻物《えまきもの》や語り物で人気だったが、今では四散し名前だけが残っている、どういう話だったかもわからない物語のことだとマスターは言った。

「しかもその本は、それほど売れませんでした」

「連載《れんさい》のときは人気だったのに？」

「ええ。ラストを変えたのが失敗だったようですね」

そりゃそうだ、と蓮は思った。こんな酷《ひど》いラスト、マスターの話では、連載ではハッピーエンドらしいのに、そこからこの展開《てんかい》に落とすなんて、熱心に、夢中《むちゅう》になっていた読者ほど裏切《うらぎ》られたと感じるだろう。

「でも、その本のほうのラストに救《すく》われた人もいるらしいですよ」

「えっ、なんで？」

思わず大声を上げてしまい、蓮は慌《あわ》てて周りを見回したが、さいわい読んでいる間にも、来店した客はいなかった。

「バッドエンドに救《すく》われる読者もいるんですよ。幸福な終わり方に『こんなにうまくいくはずがない』と思ってしまったりね。だから世の中には、辛《つら》い、悲しい終わり方をしていながら、読《よ》み継《つ》がれている物語もたくさんありますす」

「…………」

「それに、その作者は、新聞でのラストが腑《ふ》に落ちなかったそうです。主人公の力が偽物《にせもの》めいているのは匂《にお》わせられていたのに、その伏線《ふくせん》が回収《かいしゅう》されることなくハッピーエンドになってしまったので、これでいいのかと思っていたそうですよ」

「伏線……ああ」

そういえば、アイナがいないときは和男が持っている〈光の紋章《もんしょう》〉の力がなかなか発揮《はっき》できないといった場面があったが、それは「心が乱《みだ》れていたからだ」「アイナの顔を見て安心したんだな」なんてカロンの説明で納得《なっとく》していた。

「あれ？　じゃあ、作者の人は、最初からバッドエンドのつもりだったんですか？　それじゃあ、なんで新聞連載《れんさい》のときは、そうしなかったんだろう？」

「どうでしょうね。もしかしたら、たんに書き切るには回数が足りなかったのかもしれないし、新聞ですから毎朝楽しみにしている読者のために、ハッピーエンドにしたのかもしれませんね」

「う〜ん」

「どうします？　その本をお代替《だいが》わりに置いてゆきますか？」

「え、あ、もうちょっと考えても、いいですか？」

「いいですよ。でも、その結末のない本でいいのですか？」

「はい。でも、お話全体は好きだし……なんで気に入らなかったのか、こんなに本読んで、考えたの初めてかも」

「もしかしたら、この新聞の切《き》り抜《ぬ》きをつくった人も、そう思ったのかもしれないですね」

「えっ？」

「最後の日付は、十二月二十日。こんな中途半端《ちゅうとはんぱ》な日に新聞をやめるとは思えません。普通《ふつう》は何月分までって契約《けいやく》しますからね」

これを束ねた人はハッピーエンドの結末を読んで、あえて綴《と》じなかったのか、と思った。

「これが三月……年度末の月半ばだったら、大学を卒業する学生や転勤族《てんきんぞく》、その家族が引《ひ》っ越《こ》しのために二十日くらいで新聞をやめたというのも考えられます。が、十二月半ばに急に引っ越す事情《じじょう》というのは考えにくいです」

マスターの推理《すいり》に納得《なっとく》しかかった蓮は、まてよと思った。

「でも、なんか夜逃《よに》げとか、やむをえない事情でその日までしか新聞を読めなかったら？」

「……家出や夜逃げに、新聞の切《き》り抜《ぬ》きを持って出ますかね？」

「あ、そうか」

家出や夜逃げだったら、とにかくお金だ。あとはスマホ、クレジットカードにパスポート、保険証《ほけんしょう》に運転免許証《めんきょしょう》……うん、新聞の切り抜きはまずないな、と思った蓮の顔を、猫《ねこ》が見上げていた。まるで「自分は？」と聞いているように。

「ペットは、無理だろ……」

そうつぶやくと、ハチワレはごろごろとのどを鳴らしながら、顔をすりよせてきた。なんだ、このなつき方。まるで、「ほんとに、そうなったら捨《す》てる？」とでも聞いているみたいだ。

「でも……いるかもな」

他の服や食料を削《けず》っても、役に立たないもの、足手まといになるものを持っていく。そういう人もいるかもしれない。

「もしかしたら、そういう人もいるかもしれない……かな」

「そうですね。こんなにきれいに毎日切り取っては楽しみにしていた小説を、家出や夜逃げのときの、荷物の中に入れていたのかもしれないと考えたら、なかなかエモいですね」

マスターの口から、「エモい」という今時の言葉が出て、蓮はちょっと驚いた。

「面白《おもしろ》いですね。この本は、物語そのものもですが、それ以外のこともいろいろと想像《そうぞう》させますね」

蓮はうなずいた。そしてカップを見て、はっとした。

「あっ、とっくに消えてた！」

この店で本を読んでいいのは、このラテアートが消えるまでだった、と蓮は焦《あせ》ったが、

「あなたは読み終わっていましたよ。光の紋章《もんしょう》が消えるまでに。あとはわたくしと話していただけです」

と、マスターは言った。

「あ、ありがとうございます」

急がなくてもいい、と言われたが、蓮は残りのラテを一気に飲《の》み干《ほ》した。そして、ランドセルの中から五百円玉を取り出した。

「じゃあ、これで」

「はい。ありがとうございます」

やっぱりこの本は手放さない。ぜんぶが気に入ったわけじゃないけど、もう少し手元に置いておこうと思った。

外に出ると、すっかり夕暮《ゆうぐ》れ時《どき》だった。秋の陽《ひ》に、蔵《くら》の壁《かべ》が赤く染《そ》まっていた。

もうひとつの世《せ》界《かい》へ

工藤純子

六年生の三学期。もうすぐ、小学校も卒業だ。

あたしは、ちらっと右側のとなりの席を見た。修学旅行《しゅうがくりょこう》のとき、バス酔《よ》いして気分が悪くなったあたしに、津田蒼《つだあおい》くんだけは気づいてくれた。そして、レモン味のキャンディをそっとくれたから、びっくりして……。

ふだんは、ふざけてばかりのふつうの男子。でも、あたしだけは、蒼くんの優《やさ》しさを知っている。この気持ちを伝えたいけれど、できなくて、いつも迷《まよ》っているだけ。

休み時間、左側のとなりに座《すわ》っている、親友のカンナが話しかけてきた。

「ねぇ、仁胡《にこ》。タイムカプセルに入れるもの、持ってきた?」

「うん、もちろん!」

うちの学校では、卒業前にタイムカプセルを埋《う》めることになっている。タイムカプセルって、昔はよくやっていたようだけど、最近では珍《めずら》しいみたい。中に入れるのは、作文や図工で描《か》いた絵。それと、一人ひとつだけ、手のひらサイズの思い出の品を入れていいってことになっている。

何を入れようか迷《まよ》っていたら、蒼くんが「好きな本を入れる」って言い出した。先生にも確《かく》認《にん》して、大きい本は無理だけど、文庫本ならいいよって言ってくれたらしい。

それを聞いたカンナも「それ、いいね！　タイムカプセルって、十年後に開けるんでしょう？　小学生のころに好きだった本って、きっと大人になったら懐《なつ》かしいって思うもん」と乗り気になった。

好きな人と親友にはさまれているあたしは、「じゃあ、あたしもそうしようかな」なんて言っちゃったんだけど……。

「でも、意外だなぁ。仁胡ってマンガのほうが好きでしょう？」

う……さすがカンナ。あたしのことをよくわかってる。

「た、たまにはあたしだって、本くらい読むよ。蒼くんは、どんな本？」

焦《あせ》って、蒼くんに話をふった。

「どれにしようか迷ったけど、この本にしたんだ」

蒼くんが本を取り出すと、カンナが目を丸くした。

「うそ！　それ、わたしと同じ本じゃない!?」

驚《おどろ》いたことに、カンナと蒼くんが持ってきた本は同じだった。

「マネしたでしょ！」

「マネなんてするかよ。でも、すごい偶然《ぐうぜん》だな」

あたしを真ん中に、カンナと蒼くんが楽しそうに盛《も》り上《あ》がりはじめる。あそこの場面が好きだとか、どこに共感できるとか、頭の上で会話が飛《と》び交《か》う。二人はあたしと違《ちが》って本好きで、よく本の話をする。

あたしは、カンナの言ったとおり、文字ばかりの本よりもマンガのほうが好き。

それなのに、どうして二人に合わせて、本にするなんて言っちゃったんだろう。

本屋さんに行って適当《てきとう》な本を選んできたあたしは、二人が持ってきた本を見て、失敗したって思った。二人の本は、表紙やページの端《はし》がすり切れて、好きだから何度も読んだって感じが伝わってくる。それに比《くら》べて、あたしの本はきれいすぎる。

こんなのは見せられないって思った。

そもそも、タイトルがよくない。『幸せになりたいあなたへ』なんて、どうして選んじゃったんだろう。そのときは、蒼くんと両想《りょうおも》いになりたいあたしにぴったり！　って思ったんだけど。読んでみたら、いやーな気持ちになった。

「幸せは自分でつかむもの」とか「行動することがたいせつ」とか「自分に正直に」なんて言葉が並《なら》んでいた。そんなの、言われなくてもわかってる。できないから、苦労しているのに。

そんなことを考えている間も、二人の話は止まらない。

あたしはここにいるのに、まるでいないみたいに話し続けている。

だんだん、悲しくなってきた。それから、イライラしはじめて……。二人の間に座《すわ》っている
あたしって、邪魔者《じゃまもの》？　っていう気持ちになった。

「ねぇ！」

気がついたら、バンッと立ち上がっていた。

「そんなに話したいなら、カンナがこっちに座ったら!?」

二人の表情《ひょうじょう》を見て、ハッとした。やっちゃった……って思ったけれど、もう遅《おそ》い。

「あ、ごめん。仁胡はなんの本を持ってきたの？」

「そうだよな。見せてよ」

カンナと蒼くんが、とってつけたように言う。気をつかっているのがみえみえだ。

あたしはいたたまれなくて、「ちょっと、トイレ」って教室を出た。

まずい、まずい、まずいっ！

どうして、あんなことを言っちゃったんだろう……。

落ち着いたら、顔がかぁっと熱くなった。「あたしを仲間外れにしないでよ！」って、小さい子どもが癇癪《かんしゃく》を起こしたみたいだ。やきもちを焼いているって、バレたかもしれない。

教室に戻《もど》ったら、蒼くんとカンナはもう話してなくて、少しよそよそしい空気だった。

親友と好きな人を、一度になくしてしまうかもしれない。

学校の帰り道、あたしは公園に行ってベンチに座《すわ》った。いつもならカンナと帰るのに、つい、「用事があるから先に帰るね」なんて、自分からさけるようなことを言っちゃって。

今日の出来事がショックで、二人に合わせる顔がない。

でも本当にショックだったのは、二人の持ってきた本が一緒《いっしょ》だったっていうこと。あたしだったら、運命かも！　って思っちゃう。

聞いたことはないけれど、もしかしてカンナも蒼くんのことが好きなのかもしれない。

好きな本が同じだなんて、うらやましいなぁ。

ため息をついていると、一匹《ぴき》の猫《ねこ》が、こちらをじっと見ていた。顔の模様《もよう》が、八の字みたいになっている。

ああいう猫、ハチワレっていうんだっけ？　かわいい。

「おいで」

呼《よ》んでみたら、「にゃん」と鳴いて離《はな》れていった。

「あーあ。こんなとき、チョコがいてくれたらなぁ」

チョコっていうのは、二年前に死んじゃった猫の名前。ホワイトチョコ、ミルクチョコ、ビターチョコみたいな毛の色をした三毛猫だった。悩《なや》みごとや悲しいことがあると、いつもチョコに聞いてもらっていたのに。

チョコに会いたいなぁ。

ううん、それより古本屋さんを探《さが》さないと。タイムカプセルに入れる本は、新しくないほうがいいもんね。あたしも二人に本を見せて、気まずい空気を吹《ふ》き飛《と》ばさなくちゃ。

ため息をついていると、男の子がきょろきょろしながらやってきた。

あれ……となりのクラスの男の子だ。蒼くんと仲が良くて、たしか、「蓮《れん》」って呼《よ》んでいたっけ。

「あ、間中《まなか》さん、猫を見なかった？　ハチワレの」

まさか話しかけられると思っていなかったから、ドキッとした。

「ああ、ハチワレの猫ね。さっき、あっちに行ったよ」

あたしは、猫が行ったほうを指さした。

「ちぇ、今日も逃《に》げられたか」

野良猫《のらねこ》でも追いかけてたのかなと思って、くすっと笑う。そういえば、蒼くんの友だちってことは、蓮くんも本が好きなのかな？

聞いてみようか……。

「あの、古本屋さんを探《さが》しているんだけど、知らない？」

あたしが聞くと、蓮くんはきょとんとした。

「古本屋さんかぁ。古い本がたくさんあるところなら、あいつについていけば見つかると思うけど」

「あいつ？」

聞き返すと、「うん、とにかく、猫《ねこ》についていくといいよ」なんて言った。

蓮くんって、変わってる？　猫のことを、まるで人みたいに言うなんて。

いや、猫好きって、そんなものかも。あたしもチョコは友だちだって、ずっと思っていた。

気がつくと、蓮くんはいなくなっていた。

帰ろうと思って立ち上がる。猫についていけばいいなんて、そう都合よく現《あらわ》れるわけ……いたっ！

今度はハチワレじゃない。三毛猫で……しかも、チョコそっくりな猫が横切っていく。尾《お》っぽをゆらっとゆらして、あたしを見ていた。

「チョコ？」

思わず聞いてしまう。だってその猫は、あたしに何か言いたそうだったから。すると、

「にゃあ」と鳴いて歩き出した。

もしかして、こっちに来いってこと？

「まさかぁ」って思いながら、あたしは面白半分《おもしろはんぶん》についていった。

猫《ねこ》を追いかけて細い路地を抜《ぬ》けると、目の前が急に開けた。現《あらわ》れたのは、白い壁《かべ》の大きな蔵《くら》。黒い瓦屋根《かわらやね》で、どっしりとしたたたずまいだ。

今どき、蔵？　と思ったけれど、こういうレトロなのがおしゃれっていう人もいるだろう。

三毛猫が建物の前に立つと、スーッと扉《とびら》が開いた。自動ドアみたい。建物は古そうだけど、意外と近代的な造《つく》りだ。

あたしは、ハッと思い出した。古本屋さんをたずねたあたしに、「猫についていくといいよ」って、蓮くんが言ってたっけ。まさか、ここが？

あたしは、恐《おそ》る恐《おそ》る入り口に立った。扉の奥《おく》から、ふわっと香《こう》ばしい匂《にお》いが漂《ただよ》ってくる。コーヒーのいい香りと一緒に、たくさんの本が目に飛《と》び込《こ》んできた。

蓮くんが言ってたことは、ほんとだったんだ！

あたしは、引《ひ》き寄《よ》せられるように足を踏《ふ》み入《い》れた。

「いらっしゃいませ。お好きな席にどうぞ」

白いシャツに黒いベスト、腰《こし》に長いエプロンをつけた男の人が、執事《しつじ》のように頭を下げた。

年は、お父さんよりもずっと上かな？　ちらほらと白髪《しらが》が見える。

「あ、えっと、ごめんなさい。間違《まちが》えちゃった……かも」

ここ、古本屋さんじゃないの？

「当店は、ブックカフェでございます。古本屋ではありませんが、あなたの求めている本が、見つかるかもしれません」

おじさんは、あたしの心の中を見透《みす》かしたように言った。

「ちなみにわたくしは、おじさんでも執事でもありません。マスターとお呼《よ》びください」

え！　考えていたことが、口から出ていた!?

口を押《お》さえたあたしは、大きく深呼吸《しんこきゅう》をした。

落ち着け……きっとあたしは、蒼くんとカンナのことが気になって、まだ動揺《どうよう》しているんだ。それで、おかしな妄想《もうそう》をしているに違《ちが》いない。

店の左側にはテーブルがあって、ランタンのような明かりがともる中、数人が本を読んでいた。

「あの、あたし、カフェに来たかったわけじゃなくて、本を探《さが》しているんです」

思い切って言うと、マスターはうなずいた。

「わかっております。お好きな本を選んでください。こちらで読むこともできますし、本によっては、お持ち帰りいただくことも可能《かのう》です」

「そうなんですか？」

持って帰れるなら、ここでもよさそう。

「時間はたっぷりございます。まずは、お飲み物とお菓子《かし》はいかがですか？　お任《まか》せでしたら、大人は五百円、子どもは百円でお出ししていますよ」

あたしは眉《まゆ》をひそめた。

「学校帰りなので、お金はありません」

「では、いらない本を一冊《さつ》いただければ、それでも結構《けっこう》です」

いらない本なら……ランドセルの中にある。ちょうどいいかも。

「こんな本でも、いいですか？」

おずおずと、『幸せになりたいあなたへ』を取り出した。

「もちろんですよ。この本で、幸せになれましたか？」

「いいえ。だから、いらないんです」

あたしの口調がぶっきらぼうになった。

「本の中には、後で気になったり、いつの間にか心に残ったりする言葉もあります。それが、本の力です」

本の力ねぇ……なんだか、お説教されている気分。

「では、その本をお預《あず》かりしましょう」

手を差し出すマスターを、少し困《こま》らせたくなった。

「でも、帰るのが遅《おそ》くなると、親が心配するかも」

本当はそんなの気にしてないけれど、ふつうの大人なら、こんなふうに言われたらあわてるよね。でもマスターは、にこっと笑っただけ。

「時間とは、伸《の》びたり縮《ちぢ》んだり、行ったり来たりするものです。そのことに、誰《だれ》も気がつかないだけで」

言ってることが、さっぱりわからない。なんだか、からかわれているような気さえした。

「どうしますか？」

マスターが、じっとあたしを見つめる。逃《に》げるわけにはいかない！

「もちろん、いただきます」

ムッとして、そう答えてしまった。

にっこりしたマスターが、慣《な》れた手つきでコーヒーやミルクを入れていく。あたしはカウンター席に荷物を置いて、本棚《ほんだな》に向かった。

できるだけ薄《うす》くて、あたしでも読めそうな文庫本がいい。そう思っていたら、本と本の間に、うずもれるようにしている一冊《さつ》が目に入った。

人差し指を引《ひ》っ掛《か》けて引き出すと、宇宙《うちゅう》に時計が浮《う》かんでいる表紙が見えた。ほどよく紙が色あせていて、ページの端《はし》がこすれている感じもいい。

タイトルは、『もうひとつの世界へ―マルチバース』。

マルチバースって、なんだろう？

首をかしげながら、カウンター席に戻《もど》って座《すわ》る。

はじめのページに、序章《じょしょう》のようなものが書いてあった。

――一つの宇宙を意味するユニバースに対して、複数《ふくすう》の宇宙が物理学的に共存《きょうそん》しているのがマルチバース。そこには、人が想像《そうぞう》し得《う》る数より多くの宇宙が存在《そんざい》する。マルチバースに迷《まよ》い込《こ》んだXは、果たして自分を取り戻せるだろうか。

登場人物がいるし、SFみたいだけど、難《むずか》しそうで無理かも。

本を閉《と》じかけたら、マスターが話しかけてきた。

「人が想像するより多くの世界が存在しているなんて、ゆかいだと思いませんか？」

「……そうですか？」

何がおもしろいんだろう。

「例えば、選ぶものが二つあったとき、どちらにしようか迷ったことはありませんか？」

え……もちろん、あるけど。

ケーキにするか、おだんごにするか。

ドラマを観《み》るか、歌番組を観るか。

右に行くか、左に行くか。

あたしは、いつも迷《まよ》ってばかりだ。

「あなたは、どちらか一方しか選べない。そのとき、もし、もう一方を選んでいたらどうなっていただろうと想像したことはありませんか？」

「あ、あります」

優柔不断《ゆうじゅうふだん》な上に、いつも未練がましく引きずってしまう。そのせいで、選んだ後でも、あっちのほうがよかったんじゃないかなって、いつまでもうじうじと思ってしまう。そんな自分が嫌《いや》だった。

「人生は、選択《せんたく》の繰《く》り返《かえ》しです。ひとつを選ぶと、同じ世界では、もう片方《かたほう》の選択は消えてしまいます。しかし、もし消えずに、別の世界で現実《げんじつ》になっていたとしたら、どうですか？」

「まさか、そんなこと」

ハハッと笑ったあたしの顔がひきつった。

つまり、あたしが右の道を選ぶとき、左の道を選んだ世界が別にできあがるってこと？

「人の欲《よく》は、どこまでも深い。考えて選んだはずなのに、違《ちが》うほうを選んだらどうだったか気になってしまう。そんな想像力《そうぞうりょく》が、別の世界を作るのです」

いやいや、あり得《え》ないでしょう。

そんなことを言ったら、世界が無限《むげん》にでき続けちゃう！

考えると、目の前がくらくらしてきた。

やっぱり、この本はやめておこう。本を戻《もど》しに行こうとしたら、マスターがチョコレートの香りがするケーキをあたしの目の前に置いた。甘《あま》い香りが、鼻をくすぐる。

「チョコレートは、冬にぴったりの食べ物です。昔は、神秘的《しんぴてき》な力を持つとも言われていたんですよ」

マスターが語る。たしかに、チョコは夏だととけちゃうし、冬に食べたくなるかもね。

「チョコレートソースを使って、模様《もよう》を描《か》くこともできるんです」

マスターは、カップにチョコレートソースをとろりとたらしはじめた。

うずを巻《ま》くように、ぐるぐる、ぐるぐる。

マスターが長細い棒《ぼう》を巧《たく》みに操《あやつ》ると、泡立《あわだ》てられたミルクの表面に、花が咲《さ》いたようなチョコレートソースの模様《もよう》が浮《う》かび上《あ》がった。

「これ、カフェモカですね！」

あたしは身を乗り出して見つめた。まるで芸術作品《げいじゅつさくひん》！

ふいに、マスターが顔を上げた。

「では、くらくらするような、もうひとつの世界をどうぞ」

え？「もうひとつの世界」って？

聞き返そうとしたら、目の前がぐらっと揺《ゆ》れた。何？どうしたの⁉

すとんっと地面が抜《ぬ》けて、体が空中に放り出される。バンジージャンプみたいに、どこまでも落ちていく。ぐるぐると、吸《す》い込《こ》まれる！

「きゃあああ！」

次の瞬間《しゅんかん》、お尻《しり》にドンッと衝撃《しょうげき》を受けた。

「いたた……あれ？」

地震《じしん》か何か起こったのかと思って、きょろきょろした。でも、何も変わっていない。みんな本を読んでいるし、あわててもいない。ただ、目の前にいたマスターはいなくなっていた。

なんだったんだろう。落ち着こうと、カフェモカをひと口飲もうとしたら、すっと入り口の扉《とびら》が開いた。

え⁉

「蒼くん！」

なんで？　どうしてここに⁉

椅子《いす》から転げ落ちそうになったあたしを、蒼くんはさっと受け止めてくれた。

「仁胡、大丈夫《だいじょうぶ》か？」

「へ……大丈夫、だけど」

蒼くんに抱《だ》きかかえられるような形になって、少し恥《は》ずかしい。

「一人で敵《てき》のアジトにもぐり込《こ》むなんて、無茶をするな」

敵？　アジト？　何を言ってんの？　蒼くんたら、大丈夫？

すると、今までテーブルで本を読んでいた人たちが、すっくと一斉《いっせい》に立ち上がった。こちらをにらんで、目を光らせる。小さい子がやるピストルごっこみたいに、親指を立てて人差し指を突《つ》き出《だ》してきた。

何事？　と思ってフリーズしていると、蒼くんが同じように人差し指を突き出した。

パシュッ、パシュッ！

音がして、次々と人が倒《たお》れる。

な、何？　いい大人がふざけているの⁉

わけがわからなくて、あたしはその場に立《た》ち尽《つ》くした。蒼くんに、腕《うで》を引《ひ》っ張《ぱ》られる。

「マスターはどこだ！」

「え……マスターって、カフェモカを作ってくれた人？」

「騙《だま》されるな！　それは表の顔、裏《うら》の顔は……」

カウンターの向こうから、次々と猫《ねこ》が飛び出してきた。白猫、トラ猫、黒猫、ハチワレ……。

「チョコ！」

三毛猫に向かって叫《さけ》ぶと、ちらっとあたしを見た。やっぱりあれは、チョコなんだ！

「油断《ゆだん》したなっ」

マスターが現《あらわ》れる。さっきまでの穏《おだ》やかな顔とは違《ちが》って、邪悪《じゃあく》な感じ！　マスターが指をさした先にいた蒼くんが、「うっ」と肩《かた》を押《お》さえた。

「だ、大丈夫《だいじょうぶ》!?」

「逃《に》げるぞ！」

蒼くんに連れられて、あたしは表に出た。外の景色がさっきまでと違う。ビルやタワーがたくさん建っていて、車が空を飛んでいて、太陽が二つあって……まるで、SFの世界！

「早く逃《に》げないと、あの猫型《がた》ロボットに見つかってしまう」

「ロボット？　あの猫が？」

「そうだ。マスターが開発した猫型スパイだよ」

スパイ……。我慢《がまん》できなくて、あたしはぷっと吹《ふ》き出《だ》した。

「蒼くん、スパイだなんて。本の読みすぎじゃない？」

なんかもう、わけがわからなくて、笑っちゃうしかない。

「仁胡、しっかりしろ。オレと仁胡はスパイだ。今、敵《てき》の国に乗《の》り込《こ》んでいるところだろ？」

蒼くんの目に、ぞくっとした。冗談《じょうだん》……じゃなさそう。真剣《しんけん》にそう思っているみたい。でも
……だって……。

「じゃあ、武器《ぶき》も持っているの？」

「武器は、これだ」

蒼くんが、人差し指を見せる。

「指？」

「指じゃない。ここから衝撃波《しょうげきは》が出る仕組みになっている。仁胡も出るだろ？」

あたしは、じっと指先を見た。うーん。

まさか……うそみたいな話だけど。自分でも気づかないうちに、あたしはスパイになってた
……とか？

「マスターによって、この国の人々は支配《しはい》されている。どんな手を使ったのか、聞き出せなかったか？」

言われてみると、マスターはおかしな人だった。優《やさ》しそうに見えて、実は極悪人《ごくあくにん》だったんだ。あたしの心を読んでいるようなところもあったし。

マスターが、どんどん怪《あや》しいやつに思えてきた。

「チョコレートには、神秘的《しんぴてき》な力があるって言ってた！」

「ほんとか!?」

「うん。チョコレートを自由自在《じゆうじざい》に操《あやつ》って、怪しかったよ」

チョコレートソースで、カフェモカに模様《もよう》を描《か》いていただけだけど。

「よし、でかしたぞ、仁胡。チョコレートで人々の心を操っていたなんて予想外だ」

自分で言っておいてなんだけど、それ、無理があるよね。でも、まじめな顔の蒼くんに、ツッコめない。

そういえば蒼くん、教室では「間中」って言うのに、ここでは仁胡って呼《よ》んでくれている。

気がついたら、顔が熱くなった。

「そ、そうだ。さっき撃《う》たれたところ、大丈夫《だいじょうぶ》!?」

あたしは、蒼くんの肩《かた》を見た。血は出てないみたいだけど。

「大丈夫だよ、あの銃《じゅう》は痛《いた》くないんだ」

痛くない武器《ぶき》って……何？

「痛くなくても、子どもを撃《う》つなんて、マスターったらひどい！　頭にくるよね！」

怒《おこ》るあたしを見て、蒼くんはくすっと笑った。

「仁胡って、他人のことでも、ムキになって怒るよな。オレが、おばさんの自転車とぶつかりそうになったときも、すっごく怒ってたし」

それって、六年生のはじめのころ、あたしが蒼くんを好きになる前のことだ。登校しているとき、よそ見をして自転車を運転していたおばさんが、蒼くんにぶつかりそうになったのに、あやまりもしないで行ってしまった。それで、「ちょっとー、危《あぶ》ないですよ！」って、大きな声で言ったんだ。

思い出すと、恥《は》ずかしい。

「そんな仁胡に告白《こくはく》されて、うれしかった。実はオレも、仁胡のこと……」

え？　あたしが告白!?

ど、どういうこと？　真剣《しんけん》な顔の蒼くんと目が合って、息が止まりそう！

「す……」

心の中で、「きゃあ！」って叫《さけ》んだとき、ドンッと衝撃《しょうげき》があって、空中に放り出された。ぐるぐる回る。

「ぎゃあああ！」

お尻《しり》をドスンとぶつけて、あたしはカウンターの椅子《いす》に座《すわ》っていた。

「マ、マスター！」

どういうこと⁉ 目の前には、極悪非道《ごくあくひどう》のマスターがいる。なぜか、あたしはブックカフェに戻《もど》ってしまったみたい。

とっさに、人差し指を向ける。「バンッ」と、口で言ってみた。マスターは、一瞬《いっしゅん》きょとんとした後で、「うっ……やられた～」と胸《むね》を押《お》さえた。

思わず、指先とマスターを交互《こうご》に見る。マスターは顔を赤らめて、「すみません、へたくそで」と頭をかいた。マスターったら、撃《う》たれたふりをしてくれたの？

つまり、さっきのことは、あたしの妄想《もうそう》⁉

「あ、いえ、こちらこそ」

うわ、頭の中がパニック！

「あたし、ヘンな夢《ゆめ》を見ていたみたいで……どうしたんだろう」

ハハッと笑ったら、マスターがチョコレートソースの入った容器《ようき》を取り出した。カフェモカに向かって、ぐるぐるとしぼりはじめる。

あれ？ さっき、模様《もよう》を描《か》いていたよね？ もう一度繰《く》り返《かえ》しているように感じるなんて、デジャブってやつ？

――時間とは、伸《の》びたり縮《ちぢ》んだり、行ったり来たりするものです。そのことに、誰《だれ》も気がつかないだけで。

ふいに、マスターの言葉を思い出した。時間が行ったり来たりしている？

いや、まさかね。

「ところで、本は好きですか？」

マスターに聞かれて、口ごもる。ブックカフェでこう言うのもなんだけど……。

「いいえ、あんまり」

正直に答えた。

「なるほど。だから、他の世界に行くことに慣《な》れていないのですね」

他の世界、とは？

「わたくしは昔、学校に行けなかった時期がありましてね。この蔵《くら》にあった本をむさぼるように読んでいたのです。そのとき、どれだけ本に救《すく》われたかわかりません」

「時間つぶしができたってことですか？」

「いいえ、いろんな世界をめぐることができたということです。実際《じっさい》にそこに行かなくても、その世界を体験できるというのは、実にありがたいものです」

いろんな世界ねぇ。そりゃあ本には、いろんな時代や遠い外国が舞台《ぶたい》のものもあるし、ＳＦ

やファンタジーもある。いろんな世界があるだろうけど……。

「例えば、ここにある本」

マスターが愛《いと》おしそうに、店内をぐるりと見回す。

「これらの本たちは、わたくしたちの世界ではフィクション、つまり嘘《うそ》のことです。でも、別の世界では現実《げんじつ》として存在《そんざい》しているかもしれません。そう思うと、ワクワクしませんか？」

マスターの声が、歌っているみたいに楽しそう。

「『もし、こんな世界があったら』なんて想像《そうぞう》できるのは、地球上では人間しかいません。その想像力が、さらに新たな世界を生み出すのです」

それも「マルチバース」ってこと？

そういえばあたし、SFのスパイ映画《えいが》を観《み》て、かっこいいってあこがれたことがあったな。それで、もし自分がスパイだったらって想像してみたことが……ある！

まさか、さっきのは、あたしが想像して作った世界ってこと？

「ちょっと待ってください。でも、蒼くんは、おばさんとぶつかりそうになった事件《じけん》を知ってたし……それは現実にあったことです！」

あたしはムキになって反論《はんろん》した。

「世界がわかれるのは、誰《だれ》かが想像した瞬間《しゅんかん》です。つまり、それまでは同じ世界ということです」

スパイ映画《えいが》を観《み》たのは夏休みだ。おばさんの事件《じけん》は四月にあったから、スパイの蒼くんが知っていてもおかしくない。つじつまは合っているけれど。

「どんなに世界が広がっても、根っこは同じなんですよ」

マスターの言うことなんて信じられないと思いながら、一本の太い木が頭に浮《う》かんだ。そこから、何本もの枝《えだ》がわかれていく。それが、別の世界。でも、もともとは、太い幹《みき》から生えている。

そう考えると、どこが本当の世界か判断《はんだん》するのは難《むずか》しい。あたしがいた世界か、それ以外っていうことになる。

「でも、気をつけてください。心に迷《まよ》いが出ると、元いた世界がわからなくなりますからね」

マスターが、チョコのケーキとカフェモカを差し出した。カフェモカには、さっきとは違《ちが》う幾何学模様《きかがくもよう》ができている。

どうしよう。とんでもない話だ。マスターの言っていることが、嘘《うそ》か本当かなんてどうでもいい。とにかく、さっさと逃《に》げないと！

立ち上がろうとしたとき。

カチャカチャ、カチャカチャカチャ……。

フォークとスプーンが揺《ゆ》れはじめる。ドドドドドッて、地鳴りがする。

体が宙《ちゅう》に浮《う》いて、今度はものすごい勢《いきお》いで、上にぐんっと引《ひ》っ張《ぱ》られていく。まるで、逆《ぎゃく》バンジージャンプ！

「ひゃあああああ！」

どんっと投げ出されたのは、冷たい大理石の上。

「いたた……ここはどこ？」

腰《こし》を押《お》さえながら立ち上がる。白い床《ゆか》、白い柱、高い天井《てんじょう》。壁《かべ》には立派《りっぱ》な絵画、ガラスの棚《たな》の上には美しい花瓶《かびん》が飾《かざ》ってあって……まるでお城？

「姫《ひめ》、姫っ」

誰《だれ》かが駆《か》け込《こ》んでくる。

「わ、カンナ！　どうしたの、そのかっこう！」

カンナが、床をひきずるほどの長いドレスを着ている。

「ちょっと、ひらひらすぎない？」

「何をおっしゃるのですか。わたしは侍女《じじょ》ですから、姫ほどではありません」

え？　と思って自分の姿《すがた》を見下ろすと、カンナに負けないくらいひらひらで派手《はで》なドレスを着ていた。

「うわ、恥《は》ずかしい！」

「なぜですか？　そんな豪華《ごうか》なドレスを着ている者は、この国では一人もいません。仁胡さまはなんでも持っていらっしゃるから、みんなうらやましがっていますよ。わたしだって……」

ああ、わかった。きっと、ここもあたしが作り出した世界なんだ！　たしか、小学二年生のとき、お姫さまが出てくるマンガにはまってたもん。

少し慣《な》れてきたけれど、お姫さまだなんて、自分に都合がよすぎない？　侍女《じじょ》にされてしまったカンナに悪い気がする。

「うらやましいって、ここでは、あたしがお姫さまだからでしょう？　あたしの世界では、カンナのほうが賢《かしこ》いし、運動もできるし」

悲しすぎて、蒼くんのことは口にできなかった。

「わたしがうらやましいのは、仁胡さまが姫だからではありません」

カンナがほほ笑む。

「仁胡さまは、お優《やさ》しいではありませんか。わたしが七つのとき、学校でおもらしをしてしまったら、一緒《いっしょ》に保健室《ほけんしつ》に行ってくださって」

あ……まただ。それは、小学一年生のときのこと。だから、カンナの言うことは、あたしの記憶《きおく》と同じ。

「あのときは、なんとかしなくちゃって、必死で」

「そうそう、まるで自分のことみたいに真っ赤になって、わたしをかばってくれたんですよ」

そんなこともあったっけ。懐《なつ》かしい。

「わたしはあのとき思ったんです。この先何があっても、仁胡さまの味方であろうと」

カンナ……。

あたしだって、何度もカンナに助けられたことがある。チョコが死んじゃったときも、泣き続けるあたしのそばに、ずっといてくれた。

それなのに、あたしったら、カンナにやきもちを焼くなんて。

「そうだ。さっき、なんだかあわててなかった？」

「あ、そうでした！　敵国《てきこく》が攻《せ》めてくるという情報《じょうほう》があって、逃《に》げる準備《じゅんび》をしなければなりません」

「逃げる？　敵って……」

そのとき、バンッと大きな扉《とびら》が開いた。

「姫《ひめ》！」

「あ、蒼くん」

蒼くんの姿《すがた》が王子さま。今度はそういう設定《せってい》か！

カンナが、キッと蒼くんをにらむ。

「何をしにきたんですか？　あなたは敵国《てきこく》の王子。お帰りください」

「誤解《ごかい》です。それは父が勝手にしていること。わたしは本気で、姫《ひめ》のことを……」

「ちょ、ちょっとストップ！」

頭を整理する。あたしと蒼くんは姫と王子で、敵国同士《どうし》なの？

まるで、ロミオとジュリエット。

そのとき、「みゃーお」という鳴き声がして、一匹《びき》の猫《ねこ》が入ってきた。

「チョコ！」

王室の猫らしく着飾《きかざ》っていて、気取っているけれど……あの模様《もよう》の配置は、チョコに違《ちが》いない。

「姫！　わたしと一緒《いっしょ》に逃《に》げてください」

蒼くんが、あたしの手をとる。うれしい！　うれしいけど……。

「待って。考えさせてほしいの」

頭の中が混乱《こんらん》しているのに、カンナと蒼くんが急《せ》かす。

「ああ、我《わ》が国の兵士《へいし》たちが、すぐそこに！」

蒼くんと窓《まど》をのぞくと、城に騎馬隊《きばたい》が押《お》し寄《よ》せていた。その先頭にいるのは……。

「マスター!?」

マスターが馬に乗り、剣《けん》を振《ふ》りかざしている。

このまま蒼くんと逃《に》げたら……。

ふいに、そんな考えが浮《う》かんだ。

ここにはたぶん、あたしが求めるものがそろっている。こっちの世界にいたほうが、幸せかもしれない。

そんな考えが、じわじわと押し寄せてくる。

そのとき、「にゃん！」というチョコの鳴き声にハッとした。

「ねぇ、カンナ。あたしがここに来る前……つまり、昨日も、あたしっていたの？」

「当たり前じゃないですか。昨日どころか、その前も、ずーっとわたしは仁胡さまと一緒《いっしょ》でしたよ！」

カンナが、眉《まゆ》をひそめて答える。

「ただ、今の仁胡さまとは、すこーし雰囲気《ふんいき》が違《ちが》いますけれど」

やっぱり。この世界にもあたしはいたんだ。ということは、あたしは今、この世界のあたしを押《お》しのけてここに来ている。元のあたしは、あたしがいた世界にいるのかもしれない。

きっと、困《こま》っているだろうな。カンナのことを侍女《じじょ》と間違《まちが》えて、蒼くんを王子さまだと思っているかもしれない。

あたしがあたしを不幸にするなんて、最悪！

「あたしは、ここにいるわけにはいかないよ」

「姫《ひめ》、何を言っているのですか？　わたしの愛が信じられないのですか？」

蒼くんが一歩近づくから、あたしは後ずさった。

蒼くんが好きって言ってくれるのはうれしい。だけどそれは、あたしに対してじゃない。

「ねぇ、蒼くん。あたしは、どんな人だった？　どこがよかったの？」

あたしは、聞かずにはいられなかった。

「それは……」

蒼くんの顔が赤くなる。

「自分に正直な人です。姫が告白《こくはく》してくれたことも、うれしかったです」

え……あたしが告白!?

それは知らない！　スパイの蒼くんも言ってたけれど、たぶん、世界がわかれた後のあたしがしたことだ。同じあたしでも、ぜんぜん違《ちが》う。

それを聞いちゃったら、ますます入れ代わるなんてできないよ。そんな勇気を横取りするなんてできない！

また、蒼くんが近づいてきた。もう、後ろには逃《に》げられない！

「わたしは、そんな姫《ひめ》のことが、す……」

体に、ガクンッと衝撃《しょうげき》が走る。

ヒュ――――ッと、上に引《ひ》っ張《ぱ》られる。

「ひゃあああああ！」

ドンッという衝撃で、ブックカフェのカウンター席に座《すわ》っていた。

はぁはぁと、息を整える。

もう！　心臓《しんぞう》に悪い！

あと少しだったのに……ホッとしたけど、ちょっとだけ残念だった。

マスターが、カフェモカにチョコレートソースをしぼろうとしている。

「ちょっと待って！」

あわてて、マスターを止めた。

「ぐるぐるするの、やめてもらえます？」

マスターが顔を上げて、眉《まゆ》をよせる。

「どうしてですか？」

「なんていうか……そのまま味わってみたくて」

あたしの目をのぞき込《こ》んだマスターは、くすっと笑って、カフェモカとチョコのケーキをあたしの前に差し出した。

チョコのケーキをフォークで切ったら、中からとろりとチョコレートが溶《と》け出《だ》してくる。

「わぁ、このケーキ、温かいんですね！」

「はい、フォンダンショコラといいます。想像《そうぞう》だけではわからないこともありますよね」

マスターが、すまして言う。あたしがいろんな世界に行ってることを、知っているんじゃないかと思うんだけど……まぁいいか。

カフェモカをコクッと飲んで、フォンダンショコラを食べる。ほろ苦さと甘《あま》さが口の中に広がって、体のすみずみまでほわんと温まっていった。体の力が抜《ぬ》けていくおいしさだ。

そのとき三毛猫が、するりとひざに飛び乗ってきた。チョコも、こんなふうにひざに飛び乗るのが好きだった。

「ねぇ、あなた、チョコなんでしょう？　そうでしょう？」

のどをなでながら、話しかける。目を細めていたチョコが、ぺろりと舌《した》を出した。

「まぁ、そうだけど、ここの世界のチョコじゃないぜ」

息をのんで、素早《すばや》く周りを見る。

マスターは奥《おく》でお皿を洗《あら》っていた。本を読んでいる人たちも気づかない。

「今、しゃべった？　しゃべったよね？」

スパイ猫《ねこ》、王室猫の次は、しゃべる猫!?

ということは、ここも元の世界じゃないのかもしれない！

「おいおい、パニックになるなよ。ここは仁胡がいた世界で、オレが他の世界から来たんだ」

他の世界から？　そういえば、落《お》ち込《こ》んだときや嫌《いや》なことがあったとき、あたしはチョコにいろいろ相談していた。そんなとき、チョコが話せたらどんなにいいだろうって、何度も思ったっけ。

ここにいるチョコは、あたしが想像《そうぞう》した「猫が話せる世界」から来たのかも。

そうとわかったら、少し安心した。別の世界のチョコだとしても、また会えるなんてうれしい！

「まぁ、ふつう、違《ちが》う世界同士《どうし》は交わったりしないけど」

そうだよね。交わったら、世界が混乱《こんらん》する。

「このブックカフェは、特別ってこと？」

「さぁ、オレにもよくわからない。マスターだって、どこまでわかっているんだか」

あたしはマスターを見た。のほほんとしたおじさんで、ただの本好きにしか見えない。

「仁胡は、どうして戻《もど》ってきたんだよ。蒼にも好かれて、いい世界だったろ？」

どうも、チョコはすべてお見通しらしい。

「だって、蒼くんから『好き』って言われそうになると戻《もど》ってきちゃうんだもん。それに」

あたしは、首をすくめた。

「その世界にいたあたしにも悪いしね」

「仁胡らしいな」

チョコが、にゃあっと鳴《な》いて笑った。

「だったら仁胡も、自分から好きって言えばいい」

「え！」

すごいことを、さらっと言ってくれるなぁ。くすっと笑ったら、涙《なみだ》まで出てきちゃったよ。

チョコの口の悪さも、いいやつなところも、想像《そうぞう》以上だ。

顔を上げると、いつの間にかマスターが目の前にいた。どこから聞いていたんだろう。チョコを見ると、ふつうの猫《ねこ》のふりをして、前足で顔をなで回している。

「お望みならば、もっと他の世界もありますよ？」

「もう、いいです」

あたしは、マスターの申し出を断《ことわ》った。

「他の世界も楽じゃないみたいだし。それに、この世界も悪くないなって思うから」

違《ちが》う世界の蒼くんやカンナに、あたしにもいいところがあるって教えてもらった。だからあたしも、みんなのいいところを、もっともっと見つけられる人になりたい。

それに、他の世界にいるあたしに、負けたくないしね！

「そうですか。では、またいつでもお立《た》ち寄《よ》りください」

マスターはていねいにおじぎをした。

「この本は、もらってもいいですか？」

「おや、本を読むのは苦手なのでは？」

マスターが、いたずらっぽい目でくすっと笑う。

「今度は、ちゃんと読んでみます」

ぐるぐると吸《す》い込《こ》まれなくても異世界《いせかい》に行けるのなら、そのほうがいい。

『もうひとつの世界へ──マルチバース』

本は、大きな世界への入り口。小さかったあたしの世界が、どんどん、果てしなく広がっていく気がした。

「承知《しょうち》しました。でも、もし、『もうひとつの世界』に行きたくなったら、それをお持ちください。そうしたら……」

「くらくらした時間を過《す》ごせるんですよね！」

先に言うと、マスターはふふっと笑った。

あたしはランドセルを背負《せお》って、ブックカフェを出た。


家に向かって、公園を横切ろうとしたとき。

「あ、間中」

ドキンとする。

「蒼くん!」

あたしは、じろじろと見てしまった。スパイでも、王子さまでもないみたい。

「本物?」

「本物ってなんだよ。もう、とっくに帰ったと思ってた」

蒼くんが笑う。

「あ、うん。ちょっと寄《よ》り道《みち》してて」

さすがに、ブックカフェのことは言えない。

「もしかしてその本? タイムカプセルに入れるやつ」

蒼くんは、あたしが持っている本に目を留《と》めた。

「へぇ、SFかぁ。マルチバースなんて難《むずか》しそうだけど」

「うん、めちゃくちゃ難しいよ。ぜんぜん理解《りかい》できない」

蒼くんが、ぷっと吹《ふ》き出《だ》す。

「間中って、ほんと正直だなぁ。無理して本にしなくてもよかったのに」

うわ、二人に合わせてたってバレちゃった！　思わず、あたしも一緒《いっしょ》に笑った。

「でもね、ちょっと本に興味《きょうみ》がでてきたのも本当だよ」

蒼くんは、「それならよかった」とうなずいた。

「あの……、実は、お願いがあって」

いきなり、蒼くんがまじめな顔になる。

「遊園地に、一緒に行ってくれないかな。ほら、もうすぐ卒業だろ？」

えぇ⁉

「ちょっと待って！」

本物の蒼くんが、そんなことを言うなんておかしい。ここも元の世界じゃないとか⁉

「あのさ、オレ、す、す……」

「言っちゃダメ！」って思ったけれど、遅《おそ》かった。

「好きなんだ！」

ぎゅっと目をつむって、身構《みがま》える。

そよ風が吹《ふ》くだけで、何も起こらない。ぐるぐると落ちたりもしない。

蒼くんが続ける。

「カンナのことが！　誘《さそ》いたいんだけど、二人じゃ気まずいし……もし、間中も一緒《いっしょ》に遊園地に行ってくれたら、うれしいんだけど」

ああ、カンナか。そうだよね。

ここは、やっぱり現実《げんじつ》。元の世界だ。

そのとき、三毛猫があたしと蒼くんの前を通《とお》り過《す》ぎた。大きなあくびをして、くんっと、あごを突《つ》き出《だ》す。

(ほら)

(わかってるよ) と心の中で返して、うなずいた。

『幸せになりたいあなたへ』に書いてあった言葉を思い出す。「自分に正直に」そして、「行動することがたいせつ」！

「あたしね、蒼くんが好き」

蒼くんが、「え？」と目を丸くする。

「それに、カンナも大好き。だから、二人を応援《おうえん》するよ。三人で、遊園地に行こう！」

はぁ、言えた！

蒼くんが笑顔《えがお》になる。叶《かな》わない「好き」だけど、ちゃんと言えた。だから、後悔《こうかい》しない。

ちょっぴり胸《むね》が痛《いた》いけれど、すっきりした。

帰ったら、『もうひとつの世界へ―マルチバース』を読んで、明日、学校に持っていこう。

それで、タイムカプセルに入れようと思う。

十年後のあたしは、どんなふうになっているだろう。もしかしたら、この本を持って、あのブックカフェに行くかもしれない。そのとき、違《ちが》う世界に行きたいって思うかな？

どうするかは、十年後のあたしが決めればいいと思う。

できれば、そんな必要がないくらい、幸せでいてほしいな。

なにしろあたしは、「幸せは自分でつかむもの」って知っているんだから！

「じゃあ、カンナを誘《さそ》いに行こうよ」

「え？　今から？」

あわてる蒼くんの腕《うで》を引《ひ》っ張《ぱ》る。

「うん。迷《まよ》っていると、世界がどんどん増《ふ》えちゃうからね」

今、この瞬間《しゅんかん》も、人の迷いが、思いが、想像《そうぞう》が、いろんな世界を作っている。

そう思うと、なんだかワクワクしてくる！

ゆらりとしっぽをゆらしているチョコに向かって、あたしはそっと手を振《ふ》った。

エピローグ

くらくらのブックカフェ、いかがでしたでしょうか。
あなた好みの飲み物やスイーツは、ございましたか？

本には、楽しいもの、苦しいもの、わくわくどきどきするもの、いろいろあります。
ときには、笑いころげたり、涙《なみだ》を流したりすることもあるでしょう。
なんだかこれって、人生に似《に》ていませんか？

え、人生は、本とは違《ちが》うって？
もっと複雑《ふくざつ》で、予測不可能《よそくふかのう》で、ハッピーエンドか、バッドエンドかもわからない……。
まぁ、そのとおりですけどね。
人生で迷《まよ》ったり、悩《なや》んだりしたときは、気になる本を開いてみてください。

そこに、今のあなたに必要な言葉が書かれているはずです。

なにしろ本は、いつでもどこでも、あなたに寄《よ》り添《そ》ってくれるものですから。

くらくらするような不思議な体験がしたくなったら、また、このブックカフェにいらしてくださいね。

当店に来るヒントは、もちろん、猫《ねこ》です。

あなたにだけわかるように、猫たちが導《みちび》いてくれることでしょう。

わたくし、ブックカフェのマスターが、おいしい飲み物やスイーツをご用意してお待ちしております。

みなさまに、くらくらするような、すてきな本との出会いがありますように――。

スペシャル企画《きかく》！

児童文学作家5人の「おとものおやつ」といえば？

『くらくらのブックカフェ』いかがでしたか？　お話の中では、読書のおともにマスターが季節のおやつを出してくれます。あなたにはお気に入りのおやつはありますか？　５人の作家さんにも、執筆《しっぴつ》のおともにしているおやつや、思い出のおやつの話を聞いてみましたよ。

まはら三桃

仕事前にハイカカオのチョコレートを食べています。おやつというよりも、気合フード。スイッチを入れる一粒《つぶ》です。チョコといえば思いだしたことが一つ。子どものころ、近所に床屋《とこや》と駄菓子屋《だがしや》と歯医者がありました。床屋では子どものお客には帰りに10円をくれました。私《わたし》はそれを持って駄菓子屋に寄《よ》り、チョコを買うのが楽しみでした。携帯用《けいたいよう》の歯磨《はみが》きチューブ型《がた》のそのチョコを、私はまさに歯に塗《ぬ》るようにして食べていました。当然歯医者に行くことになります。床屋→駄菓子屋→歯医者。見事な循環《じゅんかん》でしたが、町内の子どもがみんな虫歯だったのは、同じルートをたどっていたからでしょうか。

廣嶋玲子

おやつが大好きな私ですが、執筆中《しっぴつちゅう》は飲み物オンリーです。普段《ふだん》はカフェオレかミルクティーか麦茶。でも、行《い》き詰《づ》まったり、急ぎの仕事が来たときは、エンジンを全開にするために、コーラを飲みます。ジョッキに氷をたっぷり入れ、なみなみと注いだコーラの存在感《そんざいかん》は頼《たの》もしいかぎり。そばに置いておくと、しゅわしゅわと泡立《あわだ》つ音が聞こえ、耳に心地《ここち》いいです。飲《の》み干《ほ》すときの、ごくり感がまたたまりません。ちなみに、ダイエットコーラです……。そのあたりは一応《いちおう》、気をつかっております。

濱野京子

私《わたし》が子どものころは、今みたいに物が豊富《ほうふ》でなく、遊びに行くときにおやつを持っていった、という記憶《きおく》はありません。友だちと駄菓子屋《だがしや》さんで何かを買ったりしたことはあります。銭天堂《ぜにてんどう》という駄菓子屋があって、というのはウソですが、学校のそばにある文房具店《ぶんぼうぐてん》で駄菓子も売ってました。10円あれば何かしら買えました。キャラメル、おせんべい、糸引き飴《いとひあめ》……。いちばんの仕事のおともはチョコレートです。コーヒーを飲みながら、1つ2つ、つまむ感じ。気候危機《きこうきき》と言われる昨今、なるべくプラごみを出さないようなチョイス（紙パッケージを選ぶ、個包装《こほうそう》のものは避《さ》ける）を心がけています。

菅野雪虫

「執筆《しっぴつ》のときは、いつもこれです」なんて定番があればカッコいいのになあ、と思う。「東京御三家《ごさんけ》」と呼《よ》ばれるどら焼きや、資生堂《しせいどう》パーラーのクッキーなど、老舗《しにせ》のお菓子を指名買いするのは、なんだか文豪《ぶんごう》ぽくて憧《あこが》れる。だが、私はマイブーム（自分内流行）がコロコロ変わる人間なので、「いつもこれなんです」というものがない。そして気に入って定番になりそうなものに限《かぎ》って、店頭から消えてしまうことが多い。最近ではなんといってもマリトッツォだ。子どものころは「森のどんぐり」というお菓子が好きだった。ころんとしたクッキーがチョコレートにくるまれていて、個人的《こじんてき》に「きのこの山」や「たけのこの里」よりおいしいと思ったのだが、あっという間に見なくなった。今日も私は、自分で入れたコーヒーに、適当《てきとう》なお菓子をつまみながらパソコンに向かっている。

工藤純子

今まで、和菓子屋さんや洋菓子屋さんの子が主人公のシリーズを出したことがあります。それくらい、スイーツが大好き！　売っているお菓子もいいけれど、手作りお菓子には、材料がわかる安心感と、素朴《そぼく》な味わいがあります。シリーズを書いているときは、作品に出てくるお菓子を何度も作りました。子どもといっしょに作るのも楽しかったです。クッキー、ゼリー、おだんご、プリン……おいしい上に思い出も作れちゃうのが、手作りお菓子のいいところ！　さて、次はバナナケーキでも作ろうかな？　こんなことを書いていたら、またお菓子のお話を書きたくなってきたなぁ！

まはら三桃（まはら　みと）

1966年、福岡県生まれ。2005年、「オールドモーブな夜だから」で第46回講談社児童文学新人賞佳作に入選（『カラフルな闇』と改題して刊行）。『おとうさんの手』（講談社）が読書感想画中央コンクール指定図書に選定。『鉄のしぶきがはねる』（講談社）で第27回坪田譲治文学賞、第4回JBBY賞を受賞。他の著書に、『無限の中心で』『かがやき子ども病院トレジャーハンター』（ともに講談社）、『疾風の女子マネ！』（小学館）、『思いはいのり、言葉はつばさ』（アリス館）などがある。

廣嶋玲子（ひろしま　れいこ）

1981年、神奈川県生まれ。2005年、『水妖の森』（岩崎書店）で第4回ジュニア冒険小説大賞を受賞してデビュー。『狐霊の檻』（小峰書店）で第34回うつのみやこども賞を受賞。他の著書に、「鬼遊び」シリーズ（小峰書店）、「十年屋」シリーズ（静山社）、「ふしぎ駄菓子屋 銭天堂」シリーズ（偕成社）、「ストーリーマスターズ」シリーズ（講談社）、『はざまの万華鏡写真館』（KADOKAWA）、「かみさまのベビーシッター」シリーズ（理論社）などがある。

濱野京子（はまの　きょうこ）

1956年、熊本県に生まれ、東京に育つ。『フュージョン』（講談社）で第2回JBBY賞、『トーキョー・クロスロード』（ポプラ社）で第25回坪田譲治文学賞を受賞。他の著書に、『マスクと黒板』（講談社）、『はじまりは一冊の本！』（あかね書房）、『girls』（くもん出版）、『となりのきみのクライシス』（さ・え・ら書房）、『県知事は小学生？』（PHP研究所）などがある。

菅野雪虫（すがの　ゆきむし）

1969年、福島県生まれ。2002年、「橋の上の少年」で第36回北日本文学賞を受賞。2005年、「ソニンと燕になった王子」で第46回講談社児童文学新人賞を受賞（『天山の巫女ソニン1 黄金の燕』と改題して刊行）。同作で第40回日本児童文学者協会新人賞を受賞。他の著書に、『星天の兄弟』（東京創元社）、「チポロ」シリーズ、『海のなかの観覧車』（ともに講談社）などがある。ペンネームは、雪を呼ぶといわれる初冬に飛ぶ虫の名から。

工藤純子（くどう　じゅんこ）

1969年、東京都生まれ。『セカイの空がみえるまち』（講談社）で第3回児童ペン賞少年小説賞を受賞。他の著書に、『だれもみえない教室で』『ルール！』（ともに講談社）、『はじめましてのダンネバード』（くもん出版）、「リトル☆バレリーナ」シリーズ（Gakken）、『ひみつの とっくん』（金の星社）などがある。全国児童文学同人誌連絡会「季節風」同人。

講談社❖文学の扉

くらくらのブックカフェ

2024年9月17日　第1刷発行

著者 ……………… まはら三桃《みと》　廣嶋玲子《ひろしまれいこ》　濱野京子《はまのきょうこ》
菅野雪虫《すがのゆきむし》　工藤純子《くどうじゅんこ》

発行者 …………… 森田浩章
発行所 …………… 株式会社講談社
〒112-8001
東京都文京区音羽2-12-21
電話　編集　03-5395-3535
販売　03-5395-3625
業務　03-5395-3615

KODANSHA

装画・挿絵 ………… くまおり純
装丁 ……………… 大岡喜直（next door design）
印刷所 …………… 株式会社KPSプロダクツ
製本所 …………… 株式会社若林製本工場
本文データ制作 …… 講談社デジタル製作

N.D.C. 913　206p　20cm　ISBN978-4-06-536903-6

この作品は、書きおろしです。

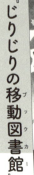

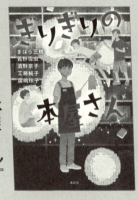

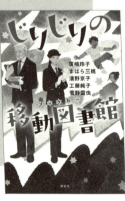